谷間の時代・一つの青春

小野貞
Ono Sada

高文研

目次

若い日の著者

◆小野　貞＝年譜

一九〇九（明治42）宮城県鳴子町に生まれる。

一九二一（大正10）小学校を出て、宮城県立第一高等女学校（仙台市）に入学。

一九二六（〃15）本科四年修了後、同校専修科卒業、郷里に帰る。

一九二九（昭和4）英文タイプ学校に入学のため上京。卒業後、丸の内の会社に就職、タイピストとして勤務する。

一九三一（〃6）非合法活動に入り、特高警察に検挙される。

一九三二（〃7）1月、釈放され帰郷するが、4月、再度上京。5月、小野康人と結婚。

一九四三（〃18）5月、雑誌『改造』編集者だった夫・康人、横浜事件で神奈川県特高警察に検挙される。

一九四五（〃20）8月、日本敗戦。9月、康人、即決裁判で有罪判決（懲役2年、執行猶予3年）。

一九五二（〃27）横浜事件での拷問実行により神奈川県特高警官3名に対し特別公務員暴行凌虐罪で最高裁有罪を判決。

一九五九（〃34）夫・康人、死去。

一九八六（〃61）横浜事件の被害者9名、横浜地裁に再審を請求。その申し立て人の一人となる。（九一年、最高裁棄却）

一九八七（〃62）『横浜事件・妻と妹の手記』を出版（気賀すみ子氏との共著）

一九八八（〃63）私家版『横浜事件を風化させないで』を出版。

一九九〇（平成2）私家版『横浜事件・真実を求めて』を出版。

一九九四（〃6）小野康人氏のケースを全体の突破口と位置づけ第二次再審を請求。

一九九五（〃7）『横浜事件・三つの裁判』を出版（大川隆司弁護士との共著）

一九九五（〃7）9月、永眠。

《解題》
作者と、作品の時代背景について

梅田正己
（編集者・高文研代表）

本書の作者、小野　貞さんは、一九〇九（明治四二）年、宮城県西北部の鳴子町（当時、川渡村《かわたび》）に生まれ、一九九五（平成七）年、東京で生を閉じた。明治、大正、昭和、平成と、四代にわたっての八六年の生涯だった。本書は、その晩年、八〇歳を超えてから、みずからの青春期を振り返り、これまで誰にも語らなかった体験を書き記したものである。

それにしては、その筆致のみずみずしさ、細部にまで行きとどいた描写に、読者は驚嘆されるにちがいない。たしかに、稀有《けう》の記憶力であり、感性であった。

描かれた体験の中心は、昭和初期の非合法活動である。当時のことを体験にもとづいて語れる人は、もうほとんどいなくなった。しかもその体験は、これまで一般に語られることなく、歴史の暗部に埋《うず》もれさせられていたことであった。したがって、小野さんの書き遺した作品（記録）は、たんに個人的な体験にとどまらず、歴史の証言としての意味をもつ。同時にそれは、戦争—敗戦に至る日本近代史の最後の分岐点ともいえる転換期のただなかを生きた若く純粋な魂の記録でもある。

しかし、そのことを十分に汲みとっていただくためには、当時の時代状況をある程度理解しておく必要がある。そのためこの解題（作者・作品の解説）を、あまり例はないが冒頭に置いた。ざっと目を通した上で作品に入っていただければと思う。

小野さんは一九一五（大正四）年に村の小学校に入学、二一（同一〇）年、小学校を卒業してはじめて村から一人だけ、宮城県立第一高等女学校に進学した。本科四年に加え専修科一年の女学校生活を終え、故郷に帰ったのが、一九二六（同一五）年のことである。つまり小野さんの学校生活は、まるまる大正時代に重なる（大正一五年は、一二月二五日、大正天皇の死去、昭和天皇の皇位継承により昭和元年となる）。

大正期、とくにその後半は、いわゆる大正デモクラシーの時代として知られる。第一次世界大戦が終わった翌年、一九一九（大正八）年には普選運動が激しく燃え上がった。国税の納付額で差別せず、一定年齢以上の男子（女子は含まれない）には平等に普通選挙権（衆議院議員の選挙権）を保障せよという運動である。またその前年には、米の買い占め、売り惜しみによる米価の暴騰に対して富山県の漁民の主婦たちが決起し、その動きはまたたくまに全国に波及していった。「米騒動」である。政府は警察力だけでは対応できず、軍隊を出動させて鎮圧した。

この米騒動や普選運動を契機に、さまざまの領域で社会変革をめざす運動が一挙に噴き出してくる。日本の労働組合運動は一九一一年の友愛会の結成によって芽生えるが、この友愛会は一九年に大日本労働総同盟友愛会と改称、さらに翌二〇年には「友愛会」の三字を削除し、翌二一年には「大」を取って日本労働総同盟となり、急速に〝戦闘的労働組合〟へと脱皮していった。

一九二二（大正一一）年七月、非合法下、現在の東京・渋谷の民家で日本共産党の創立大会が開かれる。前年、堺利彦、山川均、近藤栄蔵らによる準備委員会を受けての結成だった。堺利彦が最初の委員長となった。

同じ二二年の四月には、日本農民組合（日農）が結成される。創立宣言は「日本の農民よ団結せよ」と呼びかけていた。またその前月には、京都で全国水平社の創立大会が開かれている。その大会宣言は「全国に散在する吾が特殊部落民よ団結せよ」と訴えていた。

学生運動も、こうした潮流の中で生まれた。一八年、大正デモクラシーを代表する思想家、吉野作造の影響を受けた学生たちが東大に新人会をつくる。その機関誌名は出発時は「デモクラシイ」だったが、のち急速に社会主義に接近してゆき、二二年には「ナロオド」（ロシア語の人民、民衆）と変わっていた。新人会につづいて全国各地の大学や高校（旧制）、高等専門学校（同）に同様の組織が生まれていった。

女性の運動もこの時期に飛躍する。二〇年には平塚らいてう、市川房枝、奥むめおらが新婦人協会を結成、翌二一年には山川菊栄や堺真柄、伊藤野枝らが赤瀾会を結成、同年の第二回メーデーには「レッド・ウェーブ」の小旗を持って参加、秋の陸軍大演習に対しては反戦ビラをまいたりした。また二四年には市川らの婦人参政権獲得期成同盟が結成され、女性の「参政・結社・公民」三権の要求を宣言した。

こうした時代の空気の中で、小野　貞さんは五年間の女学校生活を送り、大正が終わる年の春、故郷に戻ったのである。

故郷に戻った一七歳の少女は、家業の雑貨商を手伝いながら和裁を習って日々を過ごす。しかし時間が停止したような村での生活に、少女の心は鬱屈する。村には書店がなかったため、自家の店で『中央公論』と『改造』の購読を取り次いでいた。『中公』『改造』は当時の二大総合雑誌で、同時に文芸誌でもあった。店に届いたその二誌に掲載された小説を、購読している人が取りに来るまでの二、三日、少女は姉と二人で、父母に知られぬよう小さな灯火の下で読みふけったという。それだけが、時代の空気を伝えるただ一つの

〝窓〟だったのである。

そうして三年を過ごした後、小野さんはついに村からの〝脱出〟を決意する。英文タイプ養成学校の入学願書を父に示し、嫁入り支度はいっさいいらないから、としぶる父を説得して、自立をめざして東京に出るのである。一九二九（昭和四）年の四月のことであった。

では、当時の時代状況はどうだったのか。

一九二五（大正一四）年三月、普選運動が実り、納税額による差別を撤廃して二五歳以上の男子すべてに選挙権を認める衆議院議員選挙法の改正が成立する（被選挙権は三〇歳以上）。これにより、有権者は三〇〇万人から一挙に一三〇〇万人へと増大した。

ところがその直前、もう一つの重大な法律が成立していた。治安維持法である。その第一条は、こうなっていた。

国体を変革し又は私有財産制度を否認することを目的として結社を組織し又は情を知りて之《これ》に加入したる者は十年以下の懲役又は禁錮に処す

国体とは天皇制を、私有財産制度の否認とは社会主義、共産主義をさす。共産党は創立時の綱領草案以来「君主制の廃止」を第一の課題としてかかげていた。治安維持法の標的は、最初から社会主義運動に定められていたといえる。

治安維持法が最初に発動されたのは、一九二六（大正一五）年一月の京都学連事件だった。学連とは正式名称を日本学生社会科学連合会といい、二二年に結成され、ほとんどの大学や高校、また多くの高等専門学校につくられていた社会科学研究会（社研）の連合体である。その学連に関係する京都大学を中心とする学生三八人が、治安維持法を適用されて検挙されたのだった。

社会科学とは、一般には社会を対象として研究する科学、つまり政治学や経済学、法律学、歴史学、教育学などをさすが、当時はマルクス主義をさしていた。マルクス主義の理論と方法による日本資本主義や日本社会の構造分析は、その明晰さと総合性においてずばぬけており、まさに「社会科学」の名にふさわしいと受けとめられていたのである。しかもその理論には「変革」の思想が埋め込まれており、社会的矛盾に敏感な若い人々を惹きつけてやまなかった。

マルクス主義の文献はすでに明治時代から翻訳出版されていたが、この時期以降そのほぼ全体が訳出される。一九二八（昭和三）年から『マルクス・エンゲルス全集』が改造社より刊行され始めるが、「全集」としては世界でも最初の事業だった。同時期、河上肇《はじめ》・大山郁夫監修の『マルクス主義講座』も刊行され、また二七年にはマルクス主義の唯物史観を日本に適用した最初の成果といえる野呂栄太郎の『日本資本主義発達史』が公刊された。マルクス主義は日本の知的世界を席巻したといっても、たぶん言い過ぎではない。しかしこうした状況を、治安維持法という強力な〝武器〟を手にした政府が黙認するはずはなかった。

日本共産党は一九二二年に創立されたものの、翌二三年には早くも弾圧を受ける。「治安警察法」により、委員長の堺利彦をはじめ指導部約八〇人が検挙されたのである。その後二六年一二月、共産党は山形県五色温泉で再建大会を開き、労働総同盟から分かれた日本労働組合評議会（評議会）や、合法政党として結成された労働農民党（労農党）の場で活動をつづける。

一九二八（昭和三）年二月、普通選挙法にもとづく最初の総選挙が行われた。その選挙戦で共産党は、君主制の廃止、一八歳以上の男女の普通選挙権、言論・結社の自由、八時間労働制、帝国主義戦争反対などを訴えた。政府は警察を動員して激しい選挙干渉を行ったが、選挙の結果は、労農党から立った山本宣治ら二名を含め、社会民衆党、日本農民党など無産政党が総投票数の五％近くを得票し、八名を当選させた。

この結果に衝撃を受けた政府は、翌三月一五日、治安維持法を発動して全国いっせいに共産党弾圧を決行、党員と支持者一六〇〇人を検挙する。検挙者に対しては、激しい拷問が加えられた。その凄惨な有様は、プロレタリア文学の旗手だった小林多喜二の作品「一九二八年三月十五日」に活写されている。

つづいて政府は、評議会、労農党、全日本無産青年同盟の三団体の解散を命じた。そしてさらに、この三・一五事件を逆用して〝共産党の恐怖〟をあおりつつ、緊急勅令によって治安維持法の改悪を強行する。その結果、「十年以下の懲役又は禁錮」だった最高刑は一挙に「死刑又は無期」に引き上げられ、あわせて「結社の目的遂行の為にする行為」についても罰するという規定、いわゆる「目的遂行罪」を新設して、いくらでも拡大解釈できるようにした。こうして治安維持法は最悪の弾圧法規となった。

それと同時に七月、政府は、それまで東京、大阪、京都、神奈川など大都市所在の府県に限られていた特別高等警察（特高）を全国に配置し、社会主義運動に対する取り締まり・摘発の体制を完成させた。

二月の総選挙の直後、共産党の委員長は渡辺政之輔に代わっていた。「渡政《わたまさ》」の愛称で呼ばれた。小野さんの作品に「渡政のおっかさん」が登場する。三・一五弾圧の後、検挙をまぬかれた渡政や市川正一らは党の再建に取り組む。犠牲者救援では事件後につくられた解放運動犠牲者救援会が中心となった。この「救援会」も、小野さんの作品に登場する。

しかし翌二九（昭和四）年四月一六日、党は再び大弾圧を受ける（四・一六事件）。検挙者は千人にのぼり、市川正一をはじめ三・一五をまぬかれた幹部のほとんどと全国の多数の活動家を奪われた。また委員長の渡辺政之輔も前年一〇月、党務で中国に行っての帰途、台湾の基隆《キールン》で警官隊に襲われ、警官を拳銃で撃った後、自殺していた。

小野　貞さんが英文タイプの学校に入るために上京したのは、この四・一六弾圧のあった二九年四月のことである。しかしもちろん、東北の村から出てきた二〇歳の女性がこうした政治状況を知っていたはずはない。

三・一五、四・一六と苛烈な弾圧を受けながらも、共産党は指導部を再建し、活動をつづける。その周辺にはなおマルクス主義に知的関心を寄せる多くの若い人たちがおり、労働者・農民の階級的な立場に立つ文化・芸術運動があった。

三・一五弾圧の後、全日本無産者芸術連盟（ナップ）が結成され、機関誌『戦旗』を発刊する。その後、ナップは、プロレタリア作家同盟はじめ美術、演劇、映画、音楽など部門別の芸術団体の統一組織に再編された。

小野さんの作品に、たびたび築地小劇場に通ったことが出てくる。築地小劇場は、一九二四（大正一三）年、土方与志や小山内薫らによって東京・築地に設立された劇場で、新劇を育てるとともにいわゆる左翼演劇の舞台となった。

このようにマルクス主義とその運動が多くの若い人たちをとらえた背景には、当時の深刻な社会状況があった。一九二九年一〇月、ニューヨーク・ウォール街の株の大暴落に始まったパニックは世界を巻き込む大恐慌となって広がる。とくに二年前の金融恐慌で多くの中小銀行が姿を消し、中小企業の倒産があいついだ日本では、打撃は大きかった。都市部では賃金切り下げや給料の遅配があたりまえになり、失業者が街にあふれた。農村部では農産物（とくに米とまゆ）の価格が暴落し、とりわけ東北では三一年の冷害による凶作も重なって、借金地獄に追いつめられたあげく娘を身売りさせる農家があいついだ。

こうした中で、労働争議、小作争議が激化していったのは当然だった。統計に残っている労働争議、小作争議の数字は次の通りである。

▼労働争議

一九三〇年　二二八九件　参加人員一九万一千人以上

一九三一年　二四五六件　〃　一五万四千人以上

▼小作争議

一九三〇年　二四七八件

一九三一年　三四一九件

こうした労働者、農民の運動の高まりは、また当然、知識人や学生を社会変革へと駆り立てずにはおかなかった。そしてその変革への道筋を示してくれたのが、社会科学、つまりマルクス主義の理論だったのである。

英文タイプの学校に通い始めた小野さんは、ほどなく親しくなった友人に案内されて築地小劇場に出かけるようになり、さらにマルクス主義の文献の学習会にも参加するようになる。そこが小野さんの〝もう一つの学校〟となった。そこでの学習は、学校を終えて、丸の内の会社に勤めるようになってからもつづいた。

そのうちに小野さんは、みずから実践の中へ飛び込んでゆく決意を固める。小野さんを突き動かしたのは、特高警察の監視の目をかいくぐりながら、命をかけて社会変革の非合法活動をつづけている人たちの姿だった。

当時、特高につけねらわれていた人たちが活動をつづけるには〝地下に潜《もぐ》る〟しかなかった。外見は目立たない庶民の一人として暮らしながら、極秘で活動をつづけるのである。しかし、壮年の男が一人でアパート生活をしていたのでは、どうしても周囲の目を引くことになる。そこで周囲の必要以上の関心を逃れるために、同志の女性と共同生活をすることで、夫婦の体裁をつくろう方法が取られたのである。

実践に入った小野さんに与えられた任務が、この一緒に住むことによって〝地下潜入〟の活動家を世間の目、したがって特高の目から隠すという役目だった。

こうした非合法の女性の役割は、「ハウスキーパー」と呼ばれた。特高と治安維持法による弾圧下の、特高につかまれば間違いなく苛烈な拷問が待っている（事実、小野さんがその通りになった）文字通り命をかけての任務だった。

しかし、疑似夫婦という外見から、「ハウスキーパー」にはある暗いイメージがつきまとってきたように思われる。週刊誌的な、あるいはワイドショー的な目には、そう映るかも知れない。

実際はどうだったのか。さまざまなケースがあっただろうから、全体についてこうだったと断定することはできない。しかし小野さんの場合に見る限り、私生活の平安をなげうって社会変革の活動をつづける人たちに心を打たれ、自分もその戦列に連なりたいという熱い思いから、危険な任務に志願したことは疑いようがない。しかもその任務に就いてからも、誠実を尽くして献身し、同時に潔癖な自己を守り通したことは明らかである。

体験にもとづいて克明に書かれた小野さんの作品は、日本が思想と良心の牢獄国家だった「暗い谷間」の時代の非合法活動の一面を伝える歴史の証言である。とともに、そこには、日本ファシズムへとつづく谷間の時代をひたむきに生きた一人の若い女性の姿がくっきりと浮かび上がってくる。「谷間の時代・一つの青春」と題したゆえんである。

谷間の時代・一つの青春

プロローグ

デパートのエレベーターの中で肩を叩かれてふりむくと、白髪の人の笑顔に見覚えがありました。「まあ」と思わず息をのみ、すぐもよりの喫茶室に入って「お久しぶりね、ちっともお変わりになっていらっしゃらないわ」「お変わりになっていらっしゃらないどころか……あなたこそだわ」とお互いに笑い出しました。

私たちは五十余年前、女学校のクラスメートでした。その友人に誘われて私は何十年ぶりかで東京支部のクラス会に出かけました。十人近く旧友が集まり、めいめいに五十余年の皺は刻まれていても、話が弾んでいくにつれ、タイムスリップして昔の面影がよみがえり、賑やかな楽しい集いになりました。

隣り合わせたA子さんとお喋りしていて、私はA子さんのご一家がその地方では高名なエスペランチストだったのを思い出し、A子さんの兄上が『プロレタリアエスペラント講座1』の発行名義人になっていたことも合わせて思い出しました。それで私は、長年行方を探していた柚木まことさんのご住所を、もしかしたらエスペラント仲間だからご存知かもしれないと思い、尋ねました。A子さんは、「私は知らないけれど、兄に聞いてみてあげましょう」と気安く引き受けてくださいました。一週間ほどたって、A子さんから柚木まことさんのご住所を知らせていただきました。

私は夫をなくしてから狭いアパートに引っ越しましたので、夫の蔵書はほとんど手放しましたが、柚木まことさんから借りたままの『プロレタリアエスペラント講座1』は、いつかお返しする日の来ることを信じて大事にとってありました。奥付の発行名義人はA子さんの兄上でしたが、内容はほとんどまことさんのご主人がお書きになったと聞いていましたから。

柚木まことさんと私の出会いの期間は短かったし、もう五十年近く昔のことだから、まことさんは私のことなど忘れてしまわれたかもしれないという思いをそのまま記し、お借りしたご本をお返しにお目にかかりたい、と手紙を出しました。まことさんは私の記憶はなくなっていて、もう一度手紙の往復の後、私のところを訪ねてくださいました。駅まで出迎えた私を見て、やっとまことさんも私を思い出されたようでした。

「ごめんなさいね。でもお名前だけは覚えていたのよ」。まことさんに再会してやはり私は感動しました。普段着に本場大島を着ていたエリートらしい雰囲気はなくなっていても、激しい風雪と闘い、生き抜いてきた大木を見るような畏敬の念さえ持ちました。「これは改訂増補の新版が岩波から出ているの。でもよく持っていてくださったわね、ありがとう」。表紙の端が傷んだザラ紙のような粗末な紙の古ぼけた本を手に取り、まことさんも感慨深げでした。

まことさんは私にスカーフをお土産にくださいました。そうした心づかいも、さりげなく行き届いた人柄でした。スカーフは私の持っているどれよりもよく似合い、愛用しています。

まことさんは現在、国民救援会の仕事をされているそうで、ついこの間、松山事件「殺人放火事件」の冤罪で服役中の斉藤幸夫さんを励ましに宮城刑務所に面会に行き、また仙台市の街頭に立って、息子の無実を訴え続けているお母さんの介添えをしてビラを配ってきた、と話されました（松山事件の斉藤幸夫さんは、その後一九八四年に再審無罪判決を勝ち取って二十九年ぶりに母のもとに帰ることが出来た記事が新聞に大きく報じられました）。

まことさんはまた地味な地域活動をされていて、ご自分が編集された『多摩のいしずえ』というパンフレットを五、六部、「これ読んでね」と渡してくださいました。話しているうちに五十年近い年月の隔たりは消え、お互いの信頼感は昔に戻りました。しかし私は、一筋の道を歩み通した人の見事さに打たれ、自分が脱落者であることを思い知りました。まことさんと行動を共にしたわずか三カ月ばかりの日々は、私にとって遠く去った彗星の光芒のように輝かしく、真剣に生きた証《あかし》となりました。鬱屈した生命が殻を破った、小さな花火、それは道端に咲くかたばみの実がはじけ飛んだようなものかもしれないけれど。

故郷の日々

私はS市の高等女学学校専修科を卒《お》え、五年間の寄宿舎生活から故郷の我が家に帰ってみて、自分の存在が何かちぐはぐで居心地が悪いことに当惑を感じました。春、夏、冬の休みにはいつも帰省していた我が家なのに、勝手が違うのです。学生の間は家の手伝いはあまりせず、ノルマは毎朝の座敷の縁側の拭き掃除ぐらいで、宿題や勉強と称して勝手に好きな小説など読んで過ごしていました。それが一変して、我が家の労働力の一員に組み込まれることになり、宿題も勉強もなくなったのですから、私の自由時間は皆無になってしまいました。

家の手伝いに廻ってみると、何も難しいことではないのに、ドジな私は要領が悪く、万事姉には遠く及ばず、勝手仕事はお手伝いにも劣る始末で、女学校出は役に立たない、五年間も何を教わってきたんだろう、と母がこぼすようになりました。私は、本来は上級の学校に進学を希望しながら、生半可に文学書を読み虚無的になって嫌いな学科はさぼり、真面目に勉強せず、急激に成績も落ちて受験する意欲も失い、漫然と帰郷してしまったのでした。

着物一枚縫えないようでは仕様がないと、父と母との相談で、父が懇意にしている隣町の佐伯さんという元中学校校長の奥様が、婚礼衣装の仕立てなどされる手の良い方なので、そこへお裁縫を習いに行くことになりました。私はうやむやのうちに、親のいうまま大嫌いだったお裁縫を習い始めました。五年間買い貯めた『文章倶楽部』や、毎号竹久夢二の表紙画の『若草』や『女性』等の月刊誌や、漱石、芥川龍之介、有島武雄などの文学書はりんご箱に釘づけのまま、物置に放置されていました。私は漱石の『我輩は猫である』や『草枕』などは難解で読み了せられなかったくせに、文学少女を自認して、ぼあんと夢を見たまま過ごし、学業をさぼった報いを手厳しく受ける羽目になったのでした。いまさら気付いても遅い、ここにいたって進学希望など両親に願い出るなど不可能でした。私は不安と挫折感に苛《さいな》まれながら、青春の第一歩を踏み出すことになりました。

私の生家の家業は雑貨商で、長年働いていた番頭さんが独立してからは、店は両親と姉だけで忙しく、私は一駅隣町まで汽車に乗ってお裁縫を習い、夕方帰ると、汗を拭く暇もなく店の掃除をし、夕食後も店を手伝う日常でした。私たちは五人姉妹で、姉は家業を継ぐ立場にあり、すぐの妹は私と同じ女学校に入って寄宿舎暮らし、下の妹二人は小学生でした。以前はお勝手のお手伝いも二人でしたが、そのころは一人になっていました。

佐伯さんは定年退職後、町の学務委員をされていて、子供がいなかったため養子をおもらいになられ、そのご養子の婚約者の咲子さんが近くの町の女学校を卒《お》えて春からお針の稽古に通い始められたばかり、華道のお師匠さんも週一回稽古と決まり、お花の日は姉も一緒に汽車で通いました。

咲子さんは色白の美人、天真爛漫な人柄で、お針もサッサパッパと粗雑ながら手早く、気ぶっせに、のろくさ丹念にいじくりまわしている私とは対照的で、たちまち差は歴然としていきました。定年退職した佐伯さんはご在宅が多く、いつも茶の間で『国語と国文学』を読みながら、俳名で呼び合う俳句仲間やおばさまの茶飲み友達の相手をしておいでて゛した。俳句の会は町の旦那衆十五、六人が会員でした。会の名は忘れてしまいましたが、たまに見せていただいた月報の句は、思わず吹き出すほど下手なのがありました。

佐伯さんのお宅の柱時計はいつからか遅れるようになり、ある日、私は自分の腕時計が進んだのかと思い、帰りの汽車に乗り遅れてしまいました。

私は、町並みのところは急ぎ足、家の途切れたところは駆け通しで、二里近い道を汗びっしょりで帰りついたのですが、いつもの時間からは大幅におくれ、心配した父が佐伯さんに問い合わせた後でした。父は、折り返し佐伯さんに、今帰った、と詫びをいい、私はものすごく叱られました。佐伯さんの家の時計が遅れていた、という弁解は父には通じず、自分の時計を見ればよいではないか、日暮れになって帰らなければ年頃の娘を持つ親がどんなに心配するかわからないのか、佐伯さんにまでご心配をおかけするような不心得ものは家に入れるわけにはいかない、と大変な剣幕で、私は土下座させられ、二度とご心配はおかけ致しません、と誓ってようやく許されて家に入りました。

不注意だったとはいえ、度をこえた激しい叱責に、私は恐怖し心は傷つきました。

佐伯さんのおばさまは眉のキリリとした美貌で、礼儀作法に厳しく、どことなく冷たさがありました。翌日、私は佐伯さんに昨日のお詫びを言う時、理由がお宅の時計の遅れであるとは言いそびれてしまい、日がたつにつれなおのこと言いにくくなってしまいました。

帰宅時間が近づくと、いらいらそわそわし、お茶の間に行って帰りの挨拶をすると、おばさまはきまって遅れた柱時計を見上げて、「おや、まだ早いですよ」とおっしゃるのです。そのつど、今日こそ言おう、とかまえればかまえるほど言い出せず、外に出ると石ころだらけの坂道を駅まで走り通すのでした。

私の村には呉服店はなく、時折母に頼まれて買い物に寄る時は一安心でした。また、太宰府の梅ガ枝餅をもっと素朴にした焼餅屋があって、頻繁に焼餅を買って帰ることを口実にしましたから、甘党の父をご存知の佐伯さんもさすがに呆れていらしたでしょう。

そのうち、私は坂道で転んで、また乗り損なってしまいました。すりむいた膝から血が流れ、手拭いでしばって無我夢中で走り続けたのですが、時間は過ぎて近道の裏門から入り、縁側の傍らにヘタヘタと倒れこんでしまいました。幸い父は出かけていましたが、また汽車に乗り遅れた、と言うと、姉は露骨に嫌な顔をして、なぜ時計が遅れていると言えないのか、と言いました。それでも、母の手前生理痛がひどいなどととりつくろってくれましたので、私は傷の手当てをして奥の座敷でしばらく休みました。今さら時計の遅れを言うのは絶望的で、情けなさに涙があふれました。

二年間の汽車通いの間、なお二度くらい私は乗り遅れましたが、駅前のタクシーを利用することを思いつき、家のずっと手前、家並みのないところで降り、ゆっくり時間を見計らって帰りました。佐伯さんのお宅の時計は最後まで遅れたままで、私にとっては苦痛の日々でした。

私の家では母も姉も手がききましたが、家業が忙しく仕立て物は外に出していましたから、私の稽古は少しは役に立ったかもしれません。おばさまに柔らかものを縫わなければ手が上がらないから、と言われ、絹物を縫うようになりました。佐伯さんのお宅に呉服屋さんがみえると、茶の間に広げられた反物《たんもの》を咲子さんや私にも見立てさせ、「シゲちゃんにはこれが似合うからお母さんにおねだりしなさい。自分のものを縫うと張り合いが違いますよ」など、預かって帰り買ってもらうこともありました。

私の出身校はその地方では名門校で、村で受かったのは私が初めてでしたから、私も優秀だろうと先入観をもたれていたらしいのですが、だんだん格は下がるばかりでした。

田舎は冠婚葬祭の寄り合いが多く、親戚近所どうしお互いに手伝いの往来があり、母の姉が亡くなった時、私は手伝いにやらされました。もともと人見知りが激しく不慣れな私は、大勢の初めて会う人たちの中で萎縮してしまい、お勝手の隅で擂鉢《すりばち》の縁《ふち》を押さえたり、洗い物をしたり、こそこそ隠れるようにしていたのですが、宴がはじまると、さあ、お給仕は若い人に、と引っ張り出されてしまいました。お銚子を持たされて、入り口からずらり並んだ人たちを見たとたん、私は後ずさりしてよろけ、危うくお銚子を取り落とすところでした。私の様子は異様だったにちがいありません。誰かが何か言いましたが私の耳には入らず、尻込みしてお勝手に戻ってしまいました。私は隅っこで洗い物などして、退《ひ》け時には顔も上げられず小さくなって辞しました。きっと物笑いの種にされたでしょう。

次に行かされたのは、母の一番上の姉の家の法事でした。お給仕に駆り出されたとき、顔色をかえて立ちすくんでいる私を見て、伯母は「なんというおぼこ（赤ん坊）

だべ」と笑って、他の用を言いつけてくれました。それ以来、私は母になんと言われようと、親戚や近所の寄り合いに行ったことはありません。私は生まれ育った土地なのに、五年間の学生生活を経てきただけで、どうして事ごとに抵抗を感じるのか、自分にも判りませんでした。わが家なのに、いつも行動を監視されているようで一片の自由もなく、落ち込んでいくばかりでした。

私の村に総合雑誌『中央公論』と『改造』をそれぞれ購読している人がいて、村には本屋さんがないため、町の書店と取引のあったうちの店で取り次いでいました。郵送による直接購読をしないのは、郵便局でチェックされて村役場に報告されブラックリストにのるからだ、と姉に聞きました。月末頃、その人が店に受け取りにくるまでの二、三日間、姉と私は夜通しそれを読みふけりました。論説は判りませんから、小説だけです。父母の部屋にふすまの隙間から灯りがもれないように、小さなスタンドを買ってきて、半切《はんせつ》の小屏風《びょうぶ》を立てたりしました。

確か中央公論に掲載された芥川龍之介の『河童』を、姉は「ユニークだ、これはスイフトの『ガリバー旅行記』だ」などと言いました。私はガリバー旅行記は絵本でしか知らないし、姉ほどには読み取ることは出来ませんでしたが、ゾッとするような鬼気を感じたのを覚えています。ほどなく、芥川の自殺が新聞紙上に大きく報道され、何とも痛ましい思いがしました。私が感動したのは、『改造』掲載の龍胆寺雄の「放浪時代」でした。甘美に描かれた青春の光芒を読みながら、胸が高鳴り涙が誌面に落ちました。続いて掲載された「アパートの女達と僕と」の都会派的文体には強く魅かれ、あこがれました。夕焼けが空に広がり、自分の顔も赤々と染まる夕、濃紫に変わっていく山々の稜線に見入っては、カールブッセの

　山のあなたの空遠く幸い住むと人のいう
　ああ　われ人ととめゆきて　涙さしぐみ帰りきぬ

と胸の中で繰り返し、涙にくれる日もありました。私はいつまでたっても周囲になじめず、反発する思いが強くなっていきました。

　ある日、私は母の使いで母の末の妹である叔母の家に行きました。頼んでいた細工物が出来上がり、それを届けに行ったのでした。一年ほど前に新築した叔母の家は、まだ木の香が漂い、叔父は留守で、叔母は私を一部屋一部屋たんねんに説明しながら案内してくれました。病身の叔父夫婦だけの家にしては広すぎるようだ、などと思いつつ階下に降り、ここは修二さんの部屋、と叔母が言い、障子を開けると、大きな机

とがっしりした本棚がありました。

傍に行ってみると、文学全集がきちんと整頓されてつまっていました。そういえば叔母のところでは叔父の末の弟を養子にしたと聞きましたが、医大生と聞いているのに医学書は一冊もなく、世界文学全集とか真新しい文学書のみで、下の段に筆太の独特の字の武者小路実篤全集が並んでいるのを見て、私は立ち尽くしてしまいました。仙台を引き上げて帰る前の日に、私は武者小路の『その妹』を読んだのでした。一冊手にとって見たかったのですが、はしたない気がしてやめました。

叔母の家は茶の間も広く、切り囲炉裏《いろり》には天井から自在鉤《かぎ》が下がっており、片側は板の間になっていてお勝手に続き、ここも広すぎる感じで、誰か手伝いに来てるのだろうか、叔母一人ではこの家の掃除は大変だろうな、など余計な心配までしてしまいました。一方には家にあるのと同じ塗り簞笥《だんす》がはめこまれていて、大きな低い神棚に結びつけたみず木の枝から繭玉《まゆだま》飾りが下がり、その下に座った叔母の姿は素敵で、今も目に残っています。叔母は茶簞笥の奥から取っておいたらしい虎屋の羊羹《ようかん》を出して切り、私を大事にもてなしてくれました。でも何の話をしたのか、私は武者小路全集のことばかり気になって思い出せません。

そのうち叔母は箪笥のひきだしから白い和紙に包んだ反物《たんもの》を持ち出してきて私に見せました。羽二重《はぶたえ》は匹《ひき》でしたから十反ぐらいはあったでしょうか。大絞《しぼ》りの縮緬《ちりめん》を「ほら、持ってごらん、二百十匁《もんめ》もあるんだよ」と私の手にのせ、「いつでも京に送って好きな柄に染められるんだよ」と言いました。ずしりと手ごたえのある大絞りの縮緬を見ながら、私は妙な気がしました。姪とはいえ、初めて訪ねてきた私に、なんでこんな物を見せるんだろう、叔母は見かけによらず虚栄心が強い人なのだろうか、など、婚家でいじめられていたという噂とともに、哀れに思ったりしました。

それよりも私は、あの本は借りられないだろうか、とそのことに気をとられていて、白生地《きじ》には興味がありませんでした。叔父の本だったら私は申し出て借りたでしょう。しかし本の持ち主が若い医大生であるため、図々しく思われはしないかと考え、こだわったあげく言い出しかねてしまいました。叔母はもっとゆっくりして、とすすめましたが、汽車の時間に遅れぬよう辞しました。坂の途中で振り返ると、叔母が玄関の外に立って見送っていました。お辞儀をした私にも心残りがありました。

しばらくして春休みの頃、叔母の家から特注のあった針金が届き、修二さんが自転車で受け取りにきました。あ、武者小路全集の持ち主はこの人か、と思ったとき、父が「お上がんなすって」とすすめ、気軽に茶の間に入って来たので、私は驚いて奥に引っ込みました。奥で縫い物をしていると、茶の間の話が聞こえました。何の話かは判りませんが、父は上機嫌で話がはずんでいる様子でした。修二さんが帰るとき、重い一巻の針金を父も手伝って荷台に縛り付けていました。修二さんを見送って家の中に入ってきた父は、「いい若者だ」と言いました。

叔母の家は同じ村内でしたが、隣町のほうが近く、家に買い物に来たのは初めてでした。叔母の婚家は西の家と呼ばれ、持ち山の鉱山が当たって大変な景気でしたが、母の実家との間に持山の境界争いが長引いていて交際が絶え、私の家でも実家の伯父と父が仲良しなので、西の家とはお互いに法事の呼ばれさえありませんでした。叔母の主人は西の家の長男でしたが、病身を理由に住居と生涯困らない程度の田んぼを得て、家督を次弟に譲り、西の家を出ましたので、それ以降、叔母も自分の身内とも気兼ねなく付き合いができるようになったのでした。

叔母の主人は幼いとき生母に死別して、継母、異母弟の大家族の中で育ったので、人には言えない苦労があったはずですが、そこへ嫁に行った叔母の苦労も並大抵ではなかったでしょう。とくに異母弟のおあねさん（女主人、奥さんのこと）が気性の激しい人で、一家を支配しているという評判でした。その付き合いのない西の家のおあねさんから、突然、母に電話があって、「お宅の二番目のお嬢さんに縁談をお世話したいので、これから当人がお店に行きますから、お嬢さんは店に出ていてください」と言ったというのでした。傍らでその電話の様子を聞きとがめた姉が、付き合いもない人からそんな失礼な電話を受けて、まともに返事をする必要はない、と私には奥にいるように、と言い、まもなく母が「シゲコ、シゲコ」と呼びましたが、姉は私を制し、父に報告する、と言いました。

まもなく帰宅した父に姉が報告すると、父も「あんな物知らずの相手になってはいけない。どだい、家の娘をなんと思っているんだ。売り物ではないぞ、電話一本で、馬鹿を言うにも程がある」と母を叱りました。母は西の家のおあねさんにおびえきっているのでした。

後で判ったのですが、母にはあらかじめ人を介して修二さんの嫁に私を欲しい、と話があったのを、親戚同士で争いのあるところは娘が苦労するからと、表向きにならぬうちに断ったのでした。父は父で、正式に申し込みがあるのを心待ちにしていたようです。

しばらくして、病気がちだった叔父が町の病院に入院し、付き添って看病していた叔母が看病疲れからか倒れてしまい、別の病室に入院したと聞きました。母が見舞いに行かなければ、と話しているところへ叔父から電話があり、「お宅の二番目が修二の嫁に決まっているそうだが、こういう際だから病院に看護の手伝いによこしてはどうか」というので、父は「いや、そんな話は受けていない」と返事し、話がこじれてしまいました。誰もが善意でありながら、それが妙にくいちがってしまいました。

翌朝、私は、不吉な夢をみました。大川と呼んでいる村の中央を流れている川の橋の上に立っていると、川下のほうから真っ赤な大きな鯛が背鰭《せびれ》を立てて突進してきたので目が覚めました。魚の夢は近親の訃報をきく、という言い慣わしですから、すぐ姉に話すと、姉は「叔母さんかしら」と言いました。その夢の二、三日後に、叔母は急性肺炎で亡くなりました。

F町の病院にかけつけた母は、夕方目を赤くして戻ってきました。姉が私の夢の話をすると、「なぜ、すぐ言ってくれなかったのか、聞けば病院に行って生きているうちに会えたのに」とハンカチを目にあてました。叔母の葬儀は叔父不在で行われました。そして、皮肉にも危ないと言われていた叔父はその後、快方にむかったのでした。

それから、一月とたたないで西の家のおあねさんの噂を聞きました。叔母の亡くなった日、まだ遺体も戻らぬうちに、おあねさんは、預かっていた鍵で叔母の家に入り、「おあねさんはごっそり白生地《きじ》を持っていたから、形見分けにならぬうちに」と勝手に白生地を全部持ち去った、というのです。姉は「ひどい話だ、お嫁にいかなくてよかったね」と言いました。私は急に胸がしめつけられたように感じました。私はなんて鈍感なのだろう。「いつでも京にいって好きな柄に染められるんだよ」と私に言った時の、あのずしりと手ごたえのあった大絞《しぼ》りの縮緬《ちりめん》の感触を思い出し、叔母へのすまなさと痛ましさで口もきけず、あの日のことは姉にも言えませんでした。そして、せめて叔母に対し、私はこの近辺には嫁にいくまい、と思いました。叔母と私、また修二さんと私とのいきさつは、人生のすれちがい、というのではないでしょうか。

姉は頭のよい人で物の判断の的確な人でしたから、西の家のおあねさんのような醜悪な話は反発して、軽蔑しさるだけですから簡単でした。しかし私は必要以上に敏感に傷つき、嫌悪感に悩み、こだわるのでした。あげくはそこから自分自身逃げ出して、離れたいとあがくのです。西の家の話は私の、この土地を離れたい、という気持ちに拍車をかけ、東京へ行きたいという思いが固まりました。どうしたらよいか、と新聞の学校案内を仔細《しさい》に見ていたら、英文タイプ養成学校にふと目が止まりました。寄宿舎で同室だった人のお姉様がその学校を出て、一流銀行に就職し、夏休みの帰省の途中妹のところに寄った際に、ボーナスをたくさん貰ったからと、素敵なおみやげを持ってきたのを思い出しました。別人のようにきれいになっていたことも。

その人は特に優秀というほどの人でもなかったので、受験勉強などしなくても私でも入れそうに思い、規則書を取りました。卒業までの期間は六ヶ月か十ヶ月か忘れましたが、一年足らずで就職斡旋もし、寄宿舎もありました。我が家では、絵画が好きな妹は女学校卒業後、S市に新設された美術学校のデザイン科に進み、下の妹はS市の寄宿舎が廃止になって、F町の女学校に汽車通学していましたが、私もこの程度の願いなら、通らぬこともあるまいと考えました。

折りよく姉の縁談が急にまとまって、春には挙式と決まりました。姉は家業を継ぐので、夫を迎え入れることとなり、そうなると強力な労働力も加わり、むしろ適齢期の妹がうろうろしているのは目障りなだけです。そこへ、以前申し込みがあった時、姉がまだだから順序が違うと断っていた話が、姉が決まったので改めて申し込みがあり、両親はすっかり乗り気になってしまいました。私には何も知らせずにいて、今になって家の都合で片付けようとしても、私は将棋の駒ではない、とばかりに急に自意識に目覚め、ここを離れて自立したいという気持ちは動かぬものになっていきました。

タイプ学校の規則書を示して、嫁入仕度は一切いらない、その費用を就職するまでの月々の送金に代えてほしいとたのみました。両親は驚いて反対しましたが、私があまりに強硬なので姉の式の日取りをみてもらいがてら、私の易《えき》もみてもらいました。私については、縁談は吉、末吉で、たとえて言えば私は高い山のてっぺんにある湖の水なそうで、今はまったくその気はないが、突破口さえつければ水は低きに流れるの理に従い末は大河となって海に注ぐという八卦《はつけ》。片や、上京は凶である。私は一匹の小魚で、泳いでいるうちに赤い多数の魚に取り囲まれて、陽の目も見られない石垣の隙間のようなところに追い込まれる、というので、母は顔色を変えて反対しました。母の説得は、この話は三年越しの執心で、女にとって望まれて嫁ぐほどの幸せはない、というのでした。

私は、末は大河になって海に注ぐという八卦には少しは気が動きましたが、水は低きに従って流れる、という比喩が頭にカチンときました。今まででさえ息がつまりそうな、あがいても抜けられそうにない暗い日々であったのに、周囲から強制されて抵抗できずに下へ下へと流れていくなんて、そんな生活はいやだ、末は大河だろうと私は耐えられない、と自立への願望は強まり、自分自身で大きく息を吸ってみたいと思いました。魚の比喩はとっぴすぎて、何の連想も湧かず、その時は問題にもしませんでした。

タイプの学校には入試もなく、書類審査のみで入学許可となりました。両親もとうとう根負けして、四月初旬、私は父に連れられて上京しました。姉の婚礼の日の一週間ほど前でした。

手を離れた風船

私のタイプの学校も寮も、ＹＷＣＡの経営でした。寮生は、女子大生、専門学校生、受験の予備校生等で、日曜日には教会に行くこと、食前に舎監先生のお祈りがあり、月一回聖書講義と礼拝があるくらいで、割りに自由でした。学校も実技練習と商業英語だけでしたから、時間も少なくてすみ、急に束縛から解放された私は、手を離れた風船のようにたちまち浮遊しはじめました。

すぐ親しくなった田村さんという英語学校の学生は、演劇、映画関係の道をめざしていて、私はすぐ築地小劇場に連れて行ってもらいました。築地の芝居を見たいというのも、私の上京のもう一つの渇望でもあったのです。しかし、その頃は小山内薫は亡くなった後で、チェーホフの芝居ではなく、劇団は左翼劇場と新築地に分裂して、どちらも左翼演劇全盛でした。憧れの作家、竜胆寺雄氏の講演を聞きに文芸講演会に行くと、竜胆寺氏は野次られて壇上で立ち往生し苦笑いして引き下がり、久野豊彦という作家は聴衆と言い合いになって、怒って飛び出してしまいました。片岡鉄兵が壇上に上がり、「いま私は麹町署の留置場から出て、この壇上に直行した」と言うと、拍手と声援、喝采で取り囲まれ、講演もせずにそのまま、ワー！と場外に流れ出すという情景でした。

はじめは戸惑いを感じた私でしたが、上野公園にあった自治会館の文芸講演会では、出演者には次から次と臨席の警官から「弁士注意！」と声がかかって話が中断し、鹿地亘《わたる》が講演し始めるとすぐ「弁士注意！」、それに対し聴衆が「横暴！横暴！」と叫んで、靴や下駄で板張りの床をガタガタと踏み鳴らし、埃が舞い上がるのでした。岡本文弥が左翼派新内をかたり、人形芝居が演じられたりして解散になると、公園の桜並木の下を肩を組んでインターナショナルを歌いながら帰って行く列の中に、いつしか私も頬を熱くして立っていました。

書店にも『戦旗』『プロレタリア文学』等の月刊誌や左翼的文献が圧倒的に多く、

私も徳永直から小林多喜二、中條(宮本)百合子を読み、澎湃《ほうはい》として湧き起こり滔々《とうとう》と流れる左翼思想の渦に若者の一人として巻き込まれていました。

田村さんにはまた、左翼的な同人誌を出していらした水原さんのお宅にも連れて行ってもらいました。新聞社にお勤めの方で、奥様とお子様が二人いらっしゃいました。グループは新聞記者、学校教師、水原さんの後輩の東大生四、五人等で、後日その中から華々しく文壇にデビューされた方もいます。水原さんのお宅が溜まり場になっていて、いつも誰かしら集まって文学談をたたかわせたり、そのころ流行し始めた麻雀をしたりしていました。奥様は私がそれまで会ったこともないような美貌の人で、多恵子さんという名を水原さんは「たあちゃん」と呼び、それがつまって「ターチ」になり、幼い祐介君がまねて、ターチ、ターチと呼んでいました。私たちも陰で、ターチさんなどと呼んだものでした。

田村さんと私はお夕飯をご馳走になり、寮の門限に遅れると証明を書いていただいたり、時には泊まって、翌朝出勤途中の水原さんに舎監の先生への弁解に同行をお願いしたこともありました。そのうち、田村さんは女優志望で、巣鴨にあった河合映画撮影所に入り、学校は無届長期欠席してしまったので、郷里からご両親が上京され、ひと悶着のあげく、連れ戻されてしまいました。それで私も一人では行きづらく、水原さんのお宅からは足が遠のいてしまいました。

田村さんは情報屋で、また何でもトライしてみる人でした。私より年下なのに強引で、お上りさんの私をあちこち連れ歩きました。「唯物論研究会」も「面白そうだから行ってみよう」とさそわれたのでした。田村さんはその頃から伝手《つて》を得て急速に女優志望に傾いていったのですが、私は毎週の研究会に熱心に出席するようになりました。テキストは『反デューリング論』だったか、『フォイエルバッハ論』だったか忘れてしまいました。『賃労働と資本』という本も岩波文庫で読みましたが、今はそれらの一字すら覚えていません。ただ、今も私の信条としている「価値の根源は労働にあり」という思想は、そのころ植え付けられたと思います。研究会のグループは五、六人で、二人のチューターが代わるがわる来ていました。

私はタイプの学校を終え、学校からの紹介で会社に就職しました。学生寮を出て同系列の職業婦人の寮に移るつもりでしたがなかなか空き室がなく、やむなく女性だけの簡易アパート、静香塾というところに小さな部屋を借りて移りました。

ある日、会社の帰り「唯物論研究会」に行こうとして市電を降りると、私は傍らに人待ち顔に立っている人を見て、声をかけました。振り向いたその人はパッと目を輝かせ、「あら」となつかしそうに私を見ました。「東京にいらしてたの？　またお会いしたいわね」と二人はお互いに住所をメモし合い、「近いうちにお訪ねするわ」と私は言い、二人とも用事をひかえていたのでその時はすぐ別れました。

由井はるみさん。彼女はS市の女学校で私より一年下でしたから、それまで一度も言葉を交わしたことはありません。彼女はテニスの選手で、コートの上を機敏に軽快に走り回るスターでした。県の対校試合が近づくと毎日校庭で練習しているのを、私は窓際で眺めていましたから、私が彼女を知っているのは当然ですが、彼女の方でも私の名前まで知っていたのは意外でした。学年も違い、交渉もなかったのに、なぜ私の方から声をかけたのか、判りません。誰からきいたとはなく、彼女はS市で左翼運動に関係し検挙された、という噂が私の意識の中にあったからなのでしょう。

次の日曜日に、私は郊外のはるみさんを訪ね、住所のメモを手に散々歩き回ってやっと探し当て、玄関に立つと、横手の二階の階段を下りてきた青年が、「はるみさんは、あいにく今さっき出かけたばかりです。僕も帰るところですから駅までご一緒しましょう」と言って、奥の方に声をかけて出てきました。駅まで歩きながら青年は、はるみさんは探していた住居が見つかったので、一両日に引っ越すことになった。落ち着いたらあなたにも連絡するはずだ、と気さくに話しかけました。

はるみさんの引っ越し先はガレージの二階でした。先日会った青年が居合わせて、Ｏさんと紹介されました。そこはＯさんの友人が経営しているタクシー会社のガレージなのでした。私が実際運動しているという人に会ったのは、はるみさんが初めてでした。はるみさんはＳ市で検挙された後、その地方で左翼運動の草分け的存在であった高木さんという人の伝手《つて》で上京し、高木さんの親友でシンパでもある藤井先生という人や、その知人の家を転々としていて、やっと落ち着いたということでした。市バスの車掌の試験を受けていて、採用されれば、その労働組合に「細胞」メンバーとして潜入するのだそうです。聞いていて私は胸がドキドキしました。

はるみさんは私の現状を聞いて、Ｏさんは英語の家庭教師をしているから、私にも習ってはどうかとすすめ、私も望んでいたことでしたから、奇遇を喜びました。それで週二回、Ｏさんが英語を教えに来ることになりました。私の今度の住居は、宿泊以外は男性の訪問も自由でした。間もなくはるみさんは、車掌の採用試験にパスし、研修期間を経てバスに乗るようになりました。

付き合いはじめて、偶然にも私の行っていた研究会のチューターの一人は津上先生といって、医大の学生時代にはるみさんのお仲間だったことが判りました。津上先生は、今は伯父さまの病院にお勤めで、シンパ的役割をしている様子でした。はるみさんの上京について、津上先生も連絡の役を買ったらしく、高木さんという人を中心にして固い信頼感で結ばれているのが感じられました。津上先生とはその後も時々研究会で顔を合わせました。Oさんとはるみさんは恋人同士のようでした。私たち三人は誘い合って、映画や演劇を観に行くこともありました。

実は私は、田村さんがご両親の強制で帰郷した頃、ふとしたつまらぬ恋愛で傷ついていました。思い出したくもないし書きたくもありません。糸の切れた、破れ凧が無残に枯れ木の枝に引っかかっているような、方向の定まらぬ無防備な田舎娘の遭遇するお決まりのパターンにすぎず、私はひどく落ち込んでいました。すがりつく人も相談する友もなく、私の上京がこんなものであってはならないとあがき悩んでいました。その模索の途中、はるみさんに会ったのでした。無意識に方向転換を求めて、接近して行ったのかもしれません。信念をもって前進するはるみさんを見ていて、そうだ、私も生活を変えよう、はるみさんの方向へ行ってみよう、と思い始めました。

チューターだった津上先生が、「これからはるみさんに会うんですよ」とおっしゃるので、「あら、私もご一緒していいかしら?」と聞くと、「かまいませんよ」とのことで、付いて行きました。電車の停留所ではるみさんが待っていました。次の停留所まで歩きながら話すので、私は話が聞こえぬよう距離を保って付いて行きました。用事が済んだらしく、二人は振り返って笑顔で私を待ちました。

私は一緒になると、はるみさんに、「ね、私を教育して。もし私に出来る事があれば手伝わせて」と言いました。自分でも思いがけず言ってしまった言葉でした。

はるみさんは喜んで、「ありがとう」と言いました。津上先生は、はっと息を呑み、ひどく驚いた様子で立ち止まり、はるみさんと私を交互に見て、どもった口調で、「本当にいいんですか?」と聞きました。何やら重大そうだ、と思いましたが、私が頷《うなず》くと、「早速ですがお願いしたいことがあるんです、お伺いしてお話しします」と言い、はるみさんの都合を聞いて私の住所への案内を頼み、次の日曜日を約束しました。津上先生もはるみさんもひどく緊張した様子で、はるみさんは私の手をしっかり握りました。

実践へ

約束した日曜日、津上先生は少し年上かと思われる長身の人を連れて見えられました。「はるみさんに外まで案内してもらいましたよ」と言い、山田さん、と紹介して、「この方のお手伝いをお願いします」と言いました。紹介された人の言葉の訛《なま》り、お互いが信頼しきっている様子、そして津上先生の相手を立てた物言いから、この山田さんというのは本当は、はるみさんや津上先生がよく話題にする高木さんという人ではなかろうか、と思いました。二人はお茶を飲むとすぐ「では、一緒に出ましょう」と言いました。外に出ると津上先生は、「では」とだけ言って、道を反対方向にサッと行ってしまいました。

新宿駅から四、五分、恒友荘というアパートの階段を上り、子供の歌声が聞こえる部屋を山田さんはノックしました。品のよい美しい人がドアを開け、「どうぞ」と言って「ひさこちゃん、お客様だからまたあとでね」と言うと、「うん」と言って小さな女の子が歌いながら出て行きました。「新海さんの奥さんのまことさん」と紹介され、私は本名を名乗りました。

テーブルの横に使い古した絵の具箱があり、山田さんは重ねて「絵描きさんです」と言って笑いました。新海さんは白い広い額、鋭い知的な風貌、奥さんは当時まだ少なかったおかっぱの髪形、大きな目、芸術家といった雰囲気のご夫妻でした。山田さんは、なんでも奥さんに聞いてください、奥さんに相談してください、と言い、私は奥さんに促されて外に出ました。一緒に歩きながら、私がこれから引っ越して住む家を見に行く、と聞きました。

春日町のとある路地の入り口の耳鼻科医院の二階の診療室で白衣の奥様に会い、私は勤め先も名前もありのままで契約しました。借りた離れは、中庭を隔てて渡り廊下で母屋に続き、つながり目にトイレがあって、鍵の手なりにガラス戸のある縁側に六畳と二畳、二畳間にガス台などを置ける板敷きがあり、入り口の土間の片隅に流し台があって、その勝手口から母屋に関係なく路地に出られました。私たちは勝手口に南京錠をつけ、まことさんが私にいつ越して来れるか、と聞いて日を決め、その日にまた落ち合うことにしました。まことさんは余計なことは何も言わず行動は適確で行き届いていて、疑問を感じることは一つもありませんでした。話しているうちに、最初は一抹の不安と緊張で固くなっていた私の気持ちはほぐれて楽になりました。まことさんのおおらかで落ち着いた人柄、気負いもなく自然体というのでしょうか、ゆるぎのない確信に裏づけられた態度に、私は強く魅かれました。お年を聞くと私より一歳年下なのに、十歳以上も年上のように思われました。

次の休日に私は引っ越しました。折りよくアパートの持ち主がお留守で代理の方だったので、行き先は言わずに済みました。それで、今までの私の知人との交際は途切れてしまいました。まことさんがふとん屋の店員に寝具を運び込ませ、二人で勝手口の戸の上部の透明ガラスに内側から白い半紙を貼りました。夜、家主さんに挨拶に行くと、ご主人は会社勤めで奥様がお医者様でした。軽薄そうなご主人は話し好きで、私の会社の様子など長々と聞かれました。

二、三日後、山田さんが一人の五十歳過ぎ位の人を連れてきて、この人のお世話をお願いします、と言いました。土のついた馬鈴薯のような風貌の人で、強い関西訛《なま》りでした。正直言って私は一寸がっかりしましたが、かえってこの方が良い、とすぐ気がつきました。その人は寝巻きと洗面道具入りの風呂敷包みを持っただけでした。

山田さんは、これは一応今月分の食費と言って、お金を渡してから言いにくそうに、世間体は夫婦ということに、と言いました。私は考える間もなくすぐ「それは困ります。誰が見たって夫婦になんか見えません。不自然ですわ。家主さんにも私が借りたことになっていますし、おじと姪ということにしてください。おじさんが地方から出てきた時、一時泊まる、ということにしては」と言いました。後になって考えますと、よくまあそんな失礼なことをズケズケと言えたものだ、と呆れるのですが。

山田さんは困りきった顔をし、その人も苦笑しました。しかし、引っ越してきて気がついたのは、渡り廊下と縁側は鉤《かぎ》の手なりに続いていて、母屋と離れの間には仕切りはなく、トイレも時たま廊下を渡ってきて使用する人がありましたから、それを言い、「かえって変に思われる」と言うと、では、もし聞かれたらおじさんは染物屋で、東京に出てくれば泊まる、ということにしようと決まりました。その人は皆から「おじさん」と呼ばれていて、私もそう呼びました。山田さんは障子に戸締りをするように、と障子に錐《きり》で穴を開け釘を差し込むように、と注意しました。

一緒に暮らしてみると、おじさんは几帳面《きちょうめん》な人で、朝食を済ませると私は会社に出勤したのですが、夕食の要、不要、帰宅の時間など毎朝の打ち合わせ通りで、自分の洗濯物などは私の出勤中にするようでしたし、手間はかかりませんでした。東京に来て日が浅いから電車の乗り換えなど気を使ってあげるように、と言われたのですが、方向音痴の私よりはるかに勘が良く、私は一度も注意してあげたことはありません。必要な用事の他には余分な会話、お互いの身の上話などしたこともなかったのですが、窮屈なことはなく、かえって私が風邪で熱をだし二日ほど臥《ふ》せった時など、上手にお粥《かゆ》を炊いてくださるなど親切で、自然な本当のおじ、姪のような暮らしでした。私は、おじさんはきっと郷里に奥さんやお子さんを残されてこの運動に挺身しておられるのだ、と自分勝手に想像して、尊敬しました。

引っ越して一週間位たってから、時々夜、私のところで集会がありました。新海さんはいつも絵の具箱をお持ちでした。そのうち集会は週二、三回になり、私はお茶を入れるほか、筆記したり、カーボン紙を入れて何枚かコピーを取ったりしました。まことさんがなさることもありましたが、まことさんの方が字も上手で速く、コピーも一度で四枚とれました。私は力を入れて書いても三枚止まりで四枚目は判読できなかったので、事ごとにまことさんには驚嘆し、早くそうなりたいと一生懸命でした。私の指にはペンだこが出来ました。

また、おじさんの口述筆記をし、夜おそくまでそれをコピーしたりで結構忙しく、日曜日にまことさんのところに行くと、世界共通語であるエスペラントをすすめられ、『プロレタリアエスペラント講座1』を貸していただいたのですが、なかなか勉強は進みませんでした。

ある朝、バスの停留所で待っていると、止まったバスから聞き覚えのある声がしました。見ると、車掌のはるみさんが驚きの眼差しで私を見つめました。私はバスに乗り込みました。冷たい朝の空気を切って走るバスの中で、生き生きと弾んだ声が次々と停留所名を歌うように告げていく、私ははるみさんが私を励ましているのを感じました。降りる時きっぷを渡そうとすると、受け取らずに、私の手をそっと握りました。

ある夜、四、五人の集会があり、私は傍らの机で複写していた時、廊下に足音がして、「こんばんは」と家主のご主人の声と一緒に障子がガタガタと鳴り、「アッ、戸締りしているんですか?」と言いました。私は多分「アッ!」と声を上げたかもしれません。二畳間に飛んでいって障子に手をかけ、「何かご用でしょうか?」とうわずった声で聞きました。「いや、なに、お話しでもしようかと思って、お客様ですか」と言って帰っていきました。一瞬、みな凍りついたような顔をし、ちょっと間をおいて、山田さんが押し殺した声で「何をそんなに慌てふためいて」と私をきつく叱りました。「すいません」と詫びながら、私は本当に情けなくなりました。きっと皆さんから軽蔑されただろうとしょげかえりました。

その夜は皆早々に帰り、しばらくの間私の所では集会はありませんでした。そのうち、また集まりがあるようになってから、皆が帰り後に残った山田さんが、「今夜は泊めてくださいい。おじさんの布団にもぐり込みますからご心配なく」と言いました。いつものように二畳間に、私が自分の布団を敷くと、山田さんは「そんなことしないで、寒いからいいんですよ、ここに一緒で」と言われるので、「いいえ、いつも私はこっちなんです」と言い、おじさんも「寒いからといくら言ってもシゲちゃんは頑固なんだ」と言うと、山田さんはハッとしたように私を見つめました。

十二月に入ってある夜、はじめてのお客様が二人加わりました。茶色のオーバーの四十歳位の男の人と、同年輩くらいの黒い帽子に黒いオーバーの女の人でした。寒い日ではあったのですが、二人とも帰りまでオーバーを着たままでした。今までにも、一度か二度来ただけの人もありましたが、その夜の二人はどこかしら違う感じがして、私は気になりました。千葉から来た人とか言っていましたが、のちに私が千葉県に連行されたことと関連があるかどうかは知りません。

その二、三日後、私が会社から帰ると、その日は昼間から来ていたらしい山田さんが帰りかけるところでした。山田さんは私に声をひそめて、「シゲちゃんはいい子だ。よくやってくれるから、ご褒美にいいお婿さんを見つけてあげるからね」といいました。私が問い返そうすると、ハハハと笑って出て行ってしまいました。それっきり話し合うような機会はなかったので、山田さんが何を考えていらしたのか判らずじまいです。

逃亡

それから間もない日、おじさんが一足先に出かけ私も出勤しようとしたところ、まことさんが訪ねて来て「大急ぎ、引っ越しよ」と言いました。必要なものだけ二人で出来るだけ持つことにし、書類と筆記用具を小さなトランクに入れ、まことさんが持参した大きなトランクに下着や寝巻きなどの衣類を入れ、私は重ね着をしてよそ行きに着替えました。洗面器、湯沸かし、お鍋と茶碗、目覚まし時計等、風呂敷に包んでいると、外を気にしていたまことさんが、「張っているみたいなの、ホラ」と指さすので、半紙を貼ったガラス戸の隙間から見ると、表通りの角に黒っぽいコートを着た人が立っていました。まことさんがそちらを見張り、私は片づけをしました。

「何処かへ行ったみたいよ」「出ましょう」

私たちは荷物を持って外に出ました。通りには誰もいません。路地は行き止まりですから、急ぎ足で表通りに出て停留所まで後ろを見ずに行き、折りよく停車した市電に乗りました。私たちの後に乗り込んだ人はいませんでしたが、用心して乗り換えて目的の場所に行きました。公衆電話で会社に病気欠勤を届け、ふと気づくと偶然にも、通りの反対側の坂道を上がったところが水原さんのお宅でした。

新しい隠れ家は金物屋さんが家主でした。店の裏手に幅広い階段があり、階段を囲んでコの字型に四つ五つ部屋がありました。流し台とトイレは共同で、部屋はすりガラスの格子戸《こうし》を開けると、踏み込みの横に半間《げん》の押入れが二段になっていてガス栓があり、そこがお勝手で六畳間でした。一組の寝具がすでに運んでありました。

「ごめんなさい。一組だけしか間に合わなかったの。明日何処かから調達して来るから、今夜だけ我慢してね」とまことさんが言いました。窓を開けて覗《のぞ》くと地上まで垂直に板張りで、すぐ目の前は隣家の板壁がさえぎっていて陽は射さず暗い部屋でした。しかし私は、まことさんがいつの間にこんな手筈を整えたのかと驚嘆しました。表の家主の金物屋でガスコンロを買いながら、まことさんが私を「斉藤さんです」と紹介しました。前家賃を払って、すでに契約済みでした。白い紙を名刺大に切って、斉藤と書き、今夜帰るおじさんの目印にと格子戸に貼って、二人はまことさんのお宅に行きました。おじさんが待ちかねていて、私は説明しながら市電の停留所名など書き込んだ地図を渡して「斉藤よ」と言いました。おじさんは小さくたたんでその地図を財布に入れ、「じゃあ」と言って急いで出て行きました。いつか歌をうたっていた女の子が「あそぼ」と言って顔を出し、「あとでね」と言うと、「ふうん」とつまらなそうに帰りました。いつもそんな風に子供と遊び、ゆとりある態度を変えぬまことさんにつられ、私も少し気が落ち着きました。

夕方早めに、出来合いの食品を買って帰りました。まだガス栓も開けていないので、湯沸かしに汲んだ水を飲み食事をしていると、外で「——さん」と呼ぶ声がしました。私が戸を開けて顔を出すと、階段の向かい側の廊下を歩いていた四、五人のコート姿の男たちが、いっせいにこちらを見て「——さん?」と言うので、「いいえ」と言うと、「——さんはどちらですか?」と重ねて聞き、私は「わかりません」と言って戸を閉めました。

何か嫌な気がしました。私はおじさんが気がかりだったので戸を開けたのですが、それにしても軽率だったと思いました。おじさんはなかなか帰らず、火の気のない部屋は寒く手持ち無沙汰で落ち着かず、たたんだままの布団を見ていて、そうだ、おじさんが帰るまで私が寝《やす》もう、と思いつきました。おじさんが帰ったら代わりに私は起きていよう、そう考えて布団に入ると疲れが出てすぐに眠ってしまいました。

まったく前後不覚に眠って、目が覚めたら朝でした。おじさんは帰らなかったのです。けれど、「もしかして」という実感はわかないので、お布団がないから山田さんか新海さんのところに泊まったのかもしれないとも考え、とりあえず前日の公衆電話ボックスまで行き、まことさんに電話しました。まことさんの声はいつになく心配気で、私は急に不安になりました。まことさんは新宿駅からお宅方向とは反対の場所の目印を言い、そこで十時に待っているから、と電話を切りました。

ちょうど日曜日でした。私は余分に電車を乗り換えて、回り道をして行きました。まことさんの様子から、私が尾行されるかも、と用心されたことがわかりました。まことさんは、「おかずを買いましょう」と別の道に出て、魚屋さんに寄りました。「今日は頭も尾っぽもあるのを頂くわ」と魚屋さんに見立てさせ、「いつもアラばかりだから」と笑いました。「へえ、まいど」と威勢良く差し出す魚屋さんは上客扱いでした。「お魚はアラのほうが栄養があるのよ。いつもただで貰っちゃう」と歩きながら話すまことさんに、何処へ行っても一目おかれるこの人の魅力を改めて感じました。そして気持ちも平常心になっていきました。美味しい煮魚の昼食が済んだところへ、山田さんも心配そうな顔で見えました。おじさんは前夜約束の場所にも行かなかったらしく、やられたことは決定的でした。

私は、どうすればよいか聞きました。しばらくこのままで様子を見ようということで、「会社は?」と聞くと、それも続けるように、と言われました。しかし山田さんは、一日おいて明後日の二時に、もし会えなかったら三時に、飯田橋の駅から神楽坂に向かって歩いて来てくれ、と言い、その時に後のことを決めようということになりました。それでは会社を休まなければならない、やはり会社は辞めよう、と私は思いましたが、何も言いませんでした。前夜の男たちのことは忘れていて、それも言いませんでした。山田さん、新海さんとも眉根をよせて心配そうでしたが、まことさんは普段と変わらず落ち着いて見えました。何か用事を言いつかって中座されたのですが、出しなに私に「しっかりね」というように微笑みの目をじっと止めました。

まことさんが出ていくと、二人はお互い同士の話を始められたので、私も所在なく「では、あさっての二時に」と山田さんに約束してお宅を辞しました。外に出たものの家に帰る気はせず、どうしたらいいのか判りません。ぶらぶら歩いていくと映画館が目に入ったので、題名も見ずに入りました。時間つぶしに休む所が欲しかったのでした。画面を見ていてもあれこれと考えて目に入らず、ざわざわと周囲の人が立ったので私も立って外に出ました。もう八時頃だったでしょうか、夕食もまだで、おそば屋さんに入りましたが食欲はなく残しました。

帰りの電車が停留所に着くと、私はいつしらず道の反対側に出て、水原さんのお宅への坂道を上がっていました。門灯がついていてくぐり戸に手をかけると開いたのでホッとして、玄関の前に行き声をかけると、奥様が出てこられ、「まあ、しばらくね、おあがんなさいよ」と相変わらずでした。「遅く伺ってごめんなさい、あの、今晩泊めていただけないかしら」と言うと、「いいわよ、今夜は水原は遅いのよ」といつもの広いお部屋の炬燵《こたつ》に誘ってくださいました。お寝間の襖《ふすま》が開いていて、赤ちゃんはもう寝入っていましたが、眠りかけていた祐介くんが目を覚まし、上目づかいに私を見ました。お部屋の隅に真新しい三輪車があって、うっかり、「あら、素敵な三輪車ね」と言ったのがいけなかったのです。祐介くんがのこのこ起きだして、三輪車を乗り回しはじめました。「おねえちゃま、見て、見て、見てて」と炬燵の周りをぐるぐる廻って大はしゃぎ。「あら、祐ちゃん、いけません。パジャマで風邪ひいちゃうわよ」と奥様が制しても、「ね、見てて、見ててよ」ときかないので、私も「あら、お上手ね、うまい、うまい、ほんとにお上手、すてきだわ」とひとしきりお相手をして誉めそやしました。パジャマだからと止められた裕ちゃんはもう大満足で、すぐ寝付いてしまいました。

「ほんとに久しぶりね、どうしてらしたの。そうそう田村さんご結婚なさったの、ご存知？　郷里の方の有力者の息子さんですって、この間ハタハタときりたんぽをたくさん送っていただいたの」などと噂話が出たりして、「水原は今夜は遅いのよ、夜食の用意をしてあるから、あがらない？」とすすめられたのですが辞退すると、「じゃあ、かまわないから先にお寝《やす》みなさいよ」とおっしゃるままに失礼して寝《やす》ませていただきました。

翌朝はご出勤のご主人と一緒に朝食をご馳走になり、私も会社に出ました。水原さんは何か気配を察したらしく、あまりご機嫌よくありませんでしたが、何もおっしゃいませんでした。私はその日、会社を辞めることに決めました。この役目を引き受けた時から、そのことはずっと気にかかっていました。父が私の保証人に郷里出身の社会的地位のある人を頼んでいたので、万一の場合、父が面目を失う羽目になると思ったのです。もう一刻も猶予はならない。会社に出るとすぐ、私は課長さんのところに行き、突然で申し訳ないが郷里の父が帰るようにと言って来たので辞めさせていただきたい、と一気に申し出ました。課長さんはニコニコして「お嫁にいくの?」と聞きました。当時、女子社員が辞めるのはたいてい結婚のためで、私の前任者もそうでした。私は「いいえ」と言ったのですが、課長さんは「おめでとう」と言い、「代わりが決まるまでは出られるのでしょう。今月中には決めますからね」とおっしゃって席を立たれたので、私はそれ以上押しては言えず席に戻りました。

その日は仕事は暇で、十一時にいつものように給仕さんが食券を配り、正午のブザーで箸《はし》箱を持って室外に出ると、廊下の長椅子に誰か掛けていました。別に気にもかけず邦文タイプ室の方へ歩きながら、急に背後に視線を感じて振り向くと、長椅子に茶色い服の男が掛けていて険しい目で私を睨んでいました。私はタイプ室に入り、いつものように仲良しの同僚と一緒に地下の食堂に行きました。

食事を済ませ、エレベーターホールから中央廊下の角の邦文タイプ室に入ろうとすると、昼休みの人ごみを物色していたらしいさっきの男が、私を見て身じろぎしたらしいのが判りました。ふだんその長椅子はあまり使用されることはなく、たまに昼休みにちょっと掛ける人がある程度でしたから、時が時だけに気になりました。邦文タイプ室は女性ばかり二十人位で、私は昼休みはいつもそこで過ごしていました。気の合う人、話の合う人は特になく、仲良しといってもその人は同県人のよしみで気心が知れ、私を後輩扱いで面倒見が良く、真面目一方という人でした。

一時になり、部屋に戻る時はもう長椅子の方は見ませんでしたが、茶色のズボンと靴は目の端に見えました。昼休みが済んでも面会人もなく、私の部屋のドア際に居るということは、私を張っているに間違いありません。私はしばらく考え、また課長さんのところに行き、実は今日、父が上京して来るので駅まで迎えに行きたい、お急ぎの御用が無ければ早退させていただきたい、と願い出ました。課長さんは次席の人に「君、今日は急ぎのタイプあるかね?」とお聞きになると、「今日は特にありません」と返事されたので、「いいですよ」とお許しが出ました。

机の引き出しを開けると、紙もペンもすべて会社のもので、私物は箸箱だけ。以前もらってとっておいた外国郵便が入って来た大判の厚い茶封筒にハンドバッグを入れ、もう二度と来ることもない部屋と同室の人々に深ぶかと一礼して部屋の外に出ると、男から見える側に茶封筒を持って邦文タイプ室に入りました。普段から、勤務室のロッカーは女性は私ひとりなので使用せず、衣類は風呂敷に包んでタイプ室の仲良しのロッカーに入れてもらっていました。ちょうど友達はタイプを打ち終えて紙をはずそうとしていたので、傍に行って「早退けなの」と言いました。友達はすぐに立ってロッカーを開けてくれ、風呂敷包みを渡そうとしました。私は受け取らず、「一寸、トイレまで」と言うと、そのままついて来ました。一緒に部屋を出て、すぐエレベーターホールに曲がり、エレベーターのボタンを押しました。エレベーターの奥のトイレには行かず風呂敷包みを受け取りながら、「お仕事中ごめんなさい。会社を辞めて田舎に帰るの」と言いました。驚いて「あら、どうして?」と聞くのに、「でも代わりの人が来るまでは出るから」と言いかけるとエレベーターが下りて来たので、「じゃあ、ごめんね、さよなら」とエレベーターに乗り手を振りました。

入り口に出ると、別に不審そうな人影もなく、事務服のまま通りを突っ切って向かい側のビルの角を曲がり、会社からの死角に入って、小走りに丸ビルに行きました。昼休みに同僚と一緒に買い物や甘いものを食べに丸ビルの喫茶店に行く時は事務服のままでしたし、ビルの中に入ってしまえば事務服で怪しまれることはありません。すぐトイレに入って羽織とショールに着替え、事務服は茶封筒に入れて風呂敷に包みました。

新海さんを訪ねるのは危険かもしれない、山田さんとは明日会うことになっているしと考え、お濠端《ほりばた》に出て電車に乗り、津上先生の病院に行くことにしました。

面会を申し込むとすぐ応接室に通され、先生が見えました。私は一昨日からのことを手短に報告しました。「ちょっと待ってください」と先生は出て行き、すぐ白い封筒を手に戻ってきました。「これ今月のお宅の分、ちょうど届けるところだったからお渡ししておきます」とおっしゃるので、「いいえ、おじさんもいなくなりましたし、まだありますから」と辞退すると、「いや、お金は持っていてください。何でいるかわかりませんよ」と封筒から出して渡されました。十円でした。「多いですわ」と言うと、「いや、いや」と手を振られ、いつも行動は直線的で言葉を変えるような方ではないので、お礼を言って受け取り、「では、明日、山田さんに会うことになってますから」と言って辞しました。

思いがけず手持ちが豊富になったので、すぐタクシーを利用して家に戻り、書類入りのトランクを持ち出しました。ホッとしてデパートに行き、タオル、ハンカチ、石鹸等身の回りの日用品を買い、市電にゆられてはるみさんを訪ねました。

はるみさんは遅番で出かけるところでした。ゆっくりしたかったのですが、やむなくトランクだけ預かってもらいました。二日過ぎても私が取りに来なかったら、津上先生に連絡してこのトランクを渡してください、と言うと、緊張した面持ちで頷きました。津上先生ともはるみさんとも、会って言葉を交わしたのはこの仕事を引き受けた時以来でしたが、お互いの間には固い仲間意識が根付いていました。

気がかりのことを片付けた安堵感からか、ぼうっとしてそれからの時間をどこでどうつぶしたのか思い出せません。ふらふら歩き回ったのか、食事をしたのか、映画でも見たのか、何も覚えていないのです。くたびれ果て夜も遅くなって、と感じたのですが、それほどの時間ではなかったかもしれません。市電を降り、水原さんのお宅にはもう行くわけにもいかず、とぼとぼ階段を上って部屋に入り、電灯をつけてホッと座った時でした。「斉藤さん」と戸をたたかれ、反射的に起きていって鍵を開けた途端、二人の男が飛び込んできて、横っ面を張られたのと手錠がカチッと鳴ったのと同時でした。まったくうかつでしたが、どっちみち逃げ場のない部屋でしたから、それでよけいな騒ぎをたてずに済みました。

虜囚

家の中を探しても、布団と鍋、湯沸かしの他には何もありません。衣類の入ったトランクを一つ携え、外に出るとすぐタクシーに乗せられました。私を真ん中にして二人の男は意気揚々としてしゃべり通しでした。かなり乗ってから電車に乗り換えました。駅名を見ると両国でした。

夜更けの小駅に降り、場末というか田舎めいた通りを少し歩いて警察署に着き、二階の取調べ室に入るなり突き飛ばされ、殴られて、姓名・住所・本籍地などを確認させられました。それはすでに調査済みでした。留置所の入り口に近い房に、私は入れられました。板張りの床に擦り切れた薄べりが敷いてあり、布団とは言えない千切れた綿やボロが重ねてあって、散らばった綿くずを片づけようとつまむと、異様な臭気に吐きそうになりました。くずおれそうな疲労感で横になると、寒くてたまらず、起き上がっては膝をかかえて屈《かが》んだり、横になったりを繰り返しながら、ああ、とうとうこんなところに、と重く暗く心が沈みました。

しばらくたって、誰かが隣の房から「クラヨーノ、クラヨーノ」と呼びかけてきました。

「え？」

「クラヨーノ」

「なあに？　エスペラントでしょう？　わからないわ。ここはどこ？」

「××です」

「何区？」

「千葉県ですよ」

「まあ、千葉県？　……どうしてかしら？　話なんかしていいの？」

「かまいませんよ。今夜の看守さんは良い人ですから。それにもう寝込んでいますよ」

言われて気づくと鼾《いびき》が聞こえていました。話しかけてきた青年は三宅君（十九歳）、もう一人は三沢君（十七歳）で、共に工員でビラ貼りをしてつかまったということでした。房は三つあるが、入っているのは彼らだけで、私が来たため奥の房に移された、その刑事が特高だったから私もその関係と判った、と言いました。

三宅君の話しかけで気持ちがいくらかほぐれ、明け方に少し眠ることができました。翌朝、洗面のために房の前の狭い土間を一人ずつ通るので、お互い顔を合わせました。三宅君は長髪長身で、三沢君は五分刈り頭、色白の小柄な少年でした。その日、房を掃除して年末交換の布団が繰り上げで全房新品に代わり、その夜からは布団で寝るようになりました。しかし今でも不思議に思うのは、あんな薄い布団の上下だけで厳寒を風邪もひかずによく耐えられたということです。

二日目の夕方、二階の取調べ室で階下に会社の課長さんが見えていると知らされました。会社の処置は、私の今度のことは会社には関係がない、すでに退社を申し出ていることでもあり、将来ある若い娘である点を考慮して不問にするから退職届けを出すように、とのことで、会社の届け用紙に、一身上の都合によりと書き入れ、署名拇印を押しました。私は何とも申し訳なく身の置き所もない気持ちで、会社や課長さんへのお詫びの伝言を言いながらポタポタ涙をこぼしました。

私が直前に退社を申し出たことは好意的に受け取られ、保証人への思惑もあったのでしょうか、寛大でした。退職金は百円、警察で預かったからと受領書にも署名拇印を押しました。給料は二十円位でしたから、十二月の給料、ボーナス、退職手当と合わせ思いがけない大金でした。「泣くくらいならなんで悪いことをしたんだ」などと刑事は言いながらも、神妙な雰囲気になってしまい、そのまま房に戻されました。

翌日は午前中から取調べが始まり、つかまる前夜どこに泊まったかを追及されました。寒空に野宿したとも言えず、自分の家で寝《やす》んだ、と答えたためお決まりの拷問を受ける羽目になりました。

このような事態は予想はしなかったものの、万一の場合の覚悟はありました。まして何のかかわりも無いのに、親切に泊めてくださったあの幸福な家庭を巻き添えにすることなど死んでも出来ない、と私は固く心に決めました。「おねえちゃま、見て、見て、見てて」と私のまわりをぐるぐる三輪車を乗り回した祐介くんを思い描き、その声を耳に戻しながら私は必死に頑張りました。羽織と着物は脱がされましたが、長襦袢《じゅばん》止まりでした。それは普段着の地味な田舎柄のモスリンでしたから、責め場も絵にはなりません。

次の日も追及は続きました。私をつかまえた二人の刑事が係らしく、一人はまるで狸のような顔をした陰険な人で、もう一人は見るからに強面《こわもて》ながら単純そうで、その人が殴打役でした。部屋の隅にあった壊れた椅子を持ち出して逆さにし、私を後ろ手に縛って、抱え上げて座らせました。刑事が手を放したとたんあまりの痛さに「あっ、痛っ」と悲鳴をあげて私はドタリとぶざまに床に転がってしまいました。「チェッ、しょうがねえ」と刑事は舌打ちをし、椅子の刑はそれっきりでした。

いくら責められても、言葉を変えるわけにはいきません。私は家にいた、と繰り返すうち、刑事の目の色が一寸動き、「家に居てあの晩の騒ぎを知らぬはずはあるまい」と言うので、「私はぐっすり眠っていたから何も知らない」と申しましたら、あっ、しまった！という顔になり、しばらく口をあけたまま何もいわず立っていました。それで前夜も、私は家で寝んでいたことになりました。刑事はよほど口惜しかったとみえ、私は取調べの間中殴られ通しで、膝が腫《は》れあがり、階段は手摺《てすり》につかまって降り、半分這って房に戻りました。着物や羽織を脱がせるのは、破ったり汚したりを避けるためだったことが判りました。

房に戻ると少し気がゆるんで、私はワーワー泣きました。少したってしんとなった隣の房から、「だいぶやられたようだね、えらいえらい、がんばれよ」と三宅くんが慰め励ましてくれました。

二、三日後の深夜、新しく一人加わりました。三宅くんたちが奥の房から隣に移される間、手錠のまま通路に立っていたその人は、額《ひたい》から血を流し、こめかみから頬にかけて血がこびりついたままでした。看守が「こうとうだ」と言ったのを私が聞き違えて、思わず「強盗?」と言うと、「強盗などしやせんよ」と吐き捨てるように言って私を睨みつけました。

翌朝、三宅くんたちは興奮して、「すげえや、おやじだぜ」と言うので、「なあに、おやじって?」と聞くと、共産党員だということでした。看守が人の良い倉田さんだったので、三宅くんたちは「たーてー、飢えたるものよー」とインターナショナルを歌いだしました。私も調子はずれの声を合わせました。それからは、倉田看守の時は朝に時々インターナショナルの合唱をしました。

私は連日取調べがありました。「誰からおじさんのハウスキーパーの役を頼まれたか?」が重点でした。黙秘していれば殴られますから、何か答えればいいのです。少し要領が判ってきたので、私は思いっきり創作することにしました。驚いたことに、私の女学校時代の成績表まで取り寄せてありました。文学少女というレッテルのままに、真偽とりまぜ私は築地小劇場に憧れて上京し、芝居に通いつめるうち女の人と親しくなり、演劇論をたたかわしているうちにたまたまおじさんのお世話をたのまれた、ということにしました。女の人の名前、容貌は当然でたらめ、話をしたのは芝居の幕間か、ハネてから近くの喫茶店で、「家に連れて行ってもらったことは一度もないから住所は知らない」と言いました。また書類を入れた小型のトランクについては、おじさんが帰らなかった翌日、時々家に来たことのある佐藤さん（これもでたらめ）が取りに来たので渡したことにしました。お互い本名を言う人はないのが通例とはいえ、私が勝手に創り出す架空の人に話を合わせるおじさんは、さぞ迷惑されただろうと、本当にすまないとは思いましたが、仕方なかったのです。

おじさんの本名と経歴を、私ははじめて聞かされました。関西のある県の県連委員長で、集会中を襲われ山に逃げて三日三晩の山狩りを突破して上京し、現在は党の中枢である中央委員ということでした。年齢は三十五歳と聞き、それには私の方が驚きました。そのうち殴打係は来なくなり、狸刑事が聞き取りを書き始め、髪を引っ張られはしましたが殴られることはなくなりました。わざわざとぼけることもなく、私の意識はきわめて幼稚でしたから、〇×式の答案のように私の答えはAかBかという風にいろいろ問いを出しては答えを総合し、三段論法式に私を共産党員に仕上げていくのでした。天皇制をどう考えるかについては私が肯定すると、「共産党は天皇制打倒を目指しているんだぞ」と言い、私は誰からもそのような話は聞いたことがなかったので、そんなことは知らない、私は肯定すると言いました。狸は怒って、「またそっちこっちを言う。いいか、おまえは共産党信奉者だぞ」と机を叩きました。

深夜つかまって来た人は林さんという人で、取調べは私と入れ代わりでした。三宅くんたちは「すげえ、すげえ」を連発しながら林さんにエスペラントを教わっていました。暮れも押し迫り、三宅くんたちの釈放も間近だろうと話していて、三宅くんは外に出たらまた会ってみたいねと言い、どうしたら会えるかと相談しました。私がふと思いつき、築地小劇場へ芝居を見に行ったことがあるかと聞くと、よく行くというので、それなら公演を見に行けば会える、最初の水曜日と決めれば狭い劇場だから探すのは簡単だと約束しました。

暮れの御用納めの日、三宅くんと三沢くんは釈放され、一人寒ざむとなりました。明日は大晦日という日の夜遅く、「やあ、さっぱりしたじゃないか」という倉田看守の声がして、通路の入り口に髪を短く刈ってこざっぱりした三宅くんが見えました。「これ、あんころ餅」と言って竹の皮包みを高くあげてみせ、倉田さんがすぐ一包みを奥の林さんに持って行きました。「やあ、ありがとう、ご馳走さん」とはずんだ林さんの声が聞こえ、私の手にも熱い竹の皮包みが渡されました。「まあ、よくまあ、本当にありがとう」と私も大感激でお礼を言うと、「じゃあ、元気でがんばってね」と三宅くんは帰っていきました。

搗《つ》き立てのあんころ餅の包みは手に持ち続けられないほど熱く、一度に食べ切れないほど沢山で、おいしかったことはとても忘れられません。それなのにその三宅くんに、私は信じられないようなひどいことをしたのです。

それからだいぶ月日が経った秋ごろ、私は主人と友人に誘われ、三人で築地へ芝居を見に行きました。芝居がハネて停留所の方へざわざわとしゃべりながら歩いていた私に、ぶつかりそうに後ろからすり抜けざま、「クラヨーノ」と叫んでさっと走り去った黒い人影がありました。「あっ!三宅くん!」思わず私は雑踏をかきわけ五、六歩追いましたが、人ごみに遮《さえぎ》られて素早く遠ざかった人は見当たりませんでした。

私はどうしてあの時、「三宅さーん」と声を出して呼ばなかったのでしょう。「どうしたの?」「何かあったの?」と主人たちに声をかけられて、はじめて私は、呼べばよかった、と気がついたのですが遅すぎました。

三宅くんは約束を忘れてしまった私を何と思ったでしょう。全く気がつかなかったのですが、その日は最初の水曜日でした。

後になって私は、エスペランチストの柚木まことさんに聞きました。「クラヨーノって何?」「エンピツよ」「えっ、エンピツ? おかしいわ」「クレヨンが語源かしらね。エンピツのことよ」「じゃあ、同志は何ていうの?」「カマラーノ。女性の場合はカマラディーノよ。どうして?」私はまことさんにその時の話をしました。

私は、クラヨーノを、同志よ!という呼びかけの言葉とばかり思ってきました。それとも五十余年の歳月の間に、私の記憶が移り変わってしまったのでしょうか? でも、カマラディーノではない、あの秋の夜、私の胸をグサッと刺して今も思い出すたびに痛みが走るのは、クラヨーノなのです。

潮騒

年が改まって、林さんは連日取調べで呼び出されましたが、私にはもうありませんでした。日夜座ったまま、または膝を抱いて壁に寄り掛かったまま、脳裏に去来するのは、これを知った両親がなんと思うだろうか、ということでした。

ふりかえってみれば、私はこのことを引き受けてから一度も親、姉妹のことを考えたことはありませんでした。というより、会社出勤以外の時間は全神経を集中しきっていて、他のことを省みる余裕はなかったのでした。それが、何もすることもなく座り、臥《ふ》していて、両親のこと、自分はこれからどうなるだろう等と考えると、胸の中がもやもやして掻き毟《むし》ろうにも手が届かず、じっとしておれない思いでワーッと叫び出しそうでした。

二月も三月もこんな日が続いたら、私は気が狂うか自殺するかどちらかだったでしょう。夜、倉田看守の当番の時はたいてい私のほうから林さんに話しかけ、差しさわりのない世間話をしました。お互いのことに触れないのは不文律ですから、林さんはどうしてつかまったのか、どういう経歴の人か私は知りません。エスペラントを私も勉強するように勧《すす》められて、講座1を貸していただいたがまるで勉強していないと話すと、林さんは誰に勧められたの?と聞くので、まこちゃんという人と言うと、あの講座を書いたのはまこちゃんの旦那だと言われたのでびっくりしました。林さんはエスペラントのお仲間で親しいご様子でした。まこちゃんは地方の素封家の一人娘で、監禁中お邸の塀を乗り越えて脱出されたという武勇伝を賛美の調子で語られました。

その話は私にとって衝撃でした。まことさんをそう行動させたのは恋愛だろうか、主義主張だろうか、多分その両方にちがいない。あのおおらかさの内にある動かぬもの、私がいつしか魅かれていた本質に触れる思いでした。また、まことさんの品の良さ、そして普段着がいつも大島紬《つむぎ》だったことも頷けました。まことさんを知ったことで私は勇気づけられ、釈放までの日を耐えることが出来たと思います。

そのうち二階の取調べ室に呼び出され、おじさんが終始私をかばったこと、何も知らないのに気の毒だから早く帰してやってくれ、と取調べのたびごとに懇願していることを聞かされました。私はでたらめばかり言って、さぞかしおじさんは迷惑されたでしょうに。けれどお詫びの言いようもなく、ただ「お身体をご大切に」とだけ伝えてくださるように頼みました。下に戻ってその話を林さんにすると、近いうちに釈放されるだろう、と言われました。

三日ほどたって、私は移動させられました。若い警官に連れられて千葉市に行き、バスに乗り換えました。真冬なのに日差しはきつく、満員のバスの中はむっとして気分が悪くなりましたが、潮風が入り海が見え出すと落ち着いてきました。道路沿いに黒い四角い紙のようなものを張り付けた板が何枚も立てかけてあるのを何だろうと眺めているうち、海苔《のり》を乾かしているのだと気がつきました。海はキラキラと陽を反射して眩しく、バスは混んだり空いたりし、いくつかの集落と海苔干しの列を通り過ぎて、乗客は二人だけになってやっと終点に着きました。

小さな集落の砂の道を少し歩き、警察署というより駐在所といった建物に入ると、私服の所長らしい人がいて、「ここではただ預かるように頼まれただけですから」と言い、「へえ、地方の素封家の令嬢がねえ」と首を大きくふりました。私の生家は素封家というほどではありませんから、どのような連絡を受けたのでしょうか。

それにしては私が入れられたのはやはり留置場で、四方柱で囲まれた広い部屋はあまり使用されていないらしくガランと冷え冷えとしていました。周囲をぐるりとさっきの警官が歩くと中は丸見えなのです。ドーン、ドドーン、ザーッと波の音が夜通し聞こえました。島流しにでもなったようで心細く、もう何も考える気もしないのに、ドーン、ドドーン、ザーッという波の音でなかなか寝付かれませんでした。

翌朝、洗面のために外に出されました。洗面所の戸が開いていて外は砂浜でした。下りると目の前に海が開け、遠く広く白銀にきらめいて大波が打ち寄せていました。香ばしい潮風を胸深く吸い、しばし立ち尽くしました。警官に促され気がつくと、冬の空気が冷たく頬を刺し、思わず寒さに身震いして屋内に入りました。

走馬灯

その日、名も知らぬ海辺の村から、昨日来た道をまた長々とバスに揺られて、千葉市の県庁に行きました。そして特高課の課長さんの机の前に引き出されました。度の強い眼鏡をかけたその人は、調書を繰りながら一つ一つ確認していきました。ビシッとしたものの言い方、態度など、以前私を担当した刑事とは数段違う感じでした。ひと通り終わった時、課長さんはサッと一枚の写真を出し、「この男を知っているだろう」と言いました。その不意打ちに私がハッと顔色を変えたのを、課長さんは見逃さなかったに違いありません。慌てて首を横に振ったのに、重ねて「知っているね」とたたみかけて言われました。着物の襟に付けた白布に番号と高木俊三とあり、写真の下に横書きで大きく高木俊三と記されている写真をじっと見つめながら、私は「いいえ、知りません」とはっきり答えました。それでも、ああ、やっぱり山田さんは高木さんだった、と思うと写真から目が離せませんでした。

課長さんは少し声を和らげ「どうかね、思い切って清算しては……」と言い、「他に絵描き夫婦が居たろう？　いつも絵の具箱をさげている」と無言の私におかまいなしに続けました。「細君はどんな顔の人かね？」。私はふとつられかけたのです。しかし、本当のことは言えないと思い、まことさんとは反対の面差しをあれこれと探し、古い知人を思いついて、「目の細い……」と言いかけて絶句しました。

いつの間にか課長さんは机の上に白い紙を出し、ペンを手にして書き出そうとしていたのです。危なかった！　私は愕然としてやっと気を引き締めて、「私は知りません。なんにも知りません」と言い、もう何を聞かれても言うもんかと身がまえました。私は今日釈放されるかもしれないと期待したのに思いがけない展開となり、さすがにガックリとしてしまいました。

課長さんからはすっかり見透かされてしまったが、ここまできて私は言うわけにはいかない。私は囚われの間中あの人たちを尊敬し、つまらない自分のような者はせめてあの人たちに類を及ぼさないことが精一杯の使命とがんばってきたはずだ、言ってはならない、留置所に戻されても仕方ない、と観念しました。けれど一月余の煉獄の日々を思い返し、これからいつまでそれが続くのかと絶望感で目の前が暗くなりました。それで課長さんがいろいろと訓戒をたれているのを上の空で聞いていましたが、今回は初めてのことだから帰してあげる、というのが耳に入り、信じられない気がしましたら、「お父さんが迎えに来ているから一緒に帰んなさい」と言われ、意外のことに呆然としてしまいました。

何と挨拶してその場を辞したのか、ともかく別室に連れて行かれました。正午を回っていたので警官が親子丼を運んで来ました。私はしばらくの間気を落ち着けてから食べ始めました。すると衝立《ついたて》の向こう側でドアが開いて、「ご馳走様、おいくらですか?」と父の声がしました。父の声を聞いた私の気持ち、何と言ったらいいのか、穴があったら入りたいというのかもしれません。衝立の向こうに人の気配は感じていたものの、父が食事をとっていたとは思いもよりませんでした。久しぶりのご馳走であるはずの親子丼がのどを通らなくなってしまいました。

午後、別の建物に行き、検事の取調べを受けました。室に入ると傍《かたわ》らに父が掛けていました。私は思わず後退《ずさ》りしましたが、逃げも隠れも出来ません。父の同席している前で検事の聞き取りに答え、検事が書き取っていきました。父は特高課でひと通り説明されたと思うのですが、重ねて私の口からそれを聞かされたわけです。

終わりに父は親として検事にお詫びを言いました。「自分は子供たちの教育は十分心がけてきたつもりだった。この娘は学校の成績も良かったので女学校にすすめたが、それがいけなかった。年端もいかぬ十三の娘を親元から手放したためこんなことになってしまった。家に置けばこのようなことにはならなかった。なまじ親の慈悲が仇《あだ》になって……ウッ」とのどをつまらせました。聞いていて、私は父が弁解しているように感じていたのですが、つられて涙ぐみました。私はとても父の顔を見ることが出来ず、その日は一度も父の前に頭を上げませんでした。「ご心配をかけ申し訳ありません」とやっと一言いっただけでした。

六時以降に特高課長さんの自宅に行くように、と伝言があって、それまでの時間をどう過ごしたのか、記憶がぼんやりしています。多分その建物内で休憩していたのでしょう。警官の案内で課長さんのお宅に伺うと、夕食が済んだばかりでお子様はすぐに別室にいき、奥様が大急ぎで食卓を片づけて座布団を出されました。私は一月以上も同じ着物を着たままの姿で座布団に座るのさえ気がひけました。課長さんはすぐ切り出されました。

「お父さん、娘さんは今度のことに係わってから日も浅いし初めてなので、将来ある身であることを考慮してお返しするのです。温情ある計らいなのです。しかし娘さんは決して改心なんかしてませんよ。この次同じことをすれば、今回のようには済みません。もう容赦はしませんからね、必ず刑罰を受けることになります。厳重に注意してください」

「はあ、どうすればよいのでしょう……」

まったく途方にくれたその声に、父を見ると、憔悴し切った横顔でした。

「しばらくの間そっとして荒立てずに、落ち着いたら嫁にやることですね」

「それはもう……でも、男と一緒に住んでいたとか……」

「そんなんじゃありませんッ！」

気が猛々《たけだけ》しくなっていたのでしょう、私は荒っぽく抗議しました。課長さんは私を制し、「それは心配されないでよいでしょう、いわゆる不逞《ふてい》の輩《やから》ではありません。思想問題ですから」と言われました。

それから少し話をし、今日は遅くなったから千葉に泊まり、明日、東京で私の荷物をまとめて郷里の家に連れ帰るように、と念を押されました。宿は電話しておくからと、待っていた警官に言い、私たちは警官に案内された旅館に一泊しました。

翌日、東京で荷物を受け取りに寄った先では、女医さんは堅い顔をして詫びをいう父に一言返事をしただけで、私には見向きもしませんでした。金物屋さんはおどおどして私を気の毒そうに見ていました。布団やガスコンロ等全部あげました。

夜行列車に乗ると、さすがに父もホッとした様子でした。課長さんの忠告を守っているのか、もう何も言いませんでした。私は自由を求め自分なりの生き方を見出そうと意図して、振り捨てたはずの故郷に惨めな恥さらしとなって、連れ戻されるのでした。

父は疲れてすぐ眠ってしまいました。いろいろのことが走馬灯のように頭の中を駆け巡り、寝つかれませんでした。考えてみると、「いわゆる不逞の輩ではありません」という課長さんの一言は、父にとっても私にとってもせめてもの救いでした。漢籍をよくする父は教育者を自認し、村の中でも自分の家は模範的家庭だと口にもしていたのでしたから、辛うじて父の自尊心はぎりぎりの線で保たれたと言えるのではないでしょうか。私は特高課長さんに感謝しました。そして課長さんのお顔はどこかで見覚えがあったような気がし、ハッと思い出しました。それは慌てて引っ越しした日の夜、私の部屋の向かい側を歩いていた四、五人連れの男たちの中ほどで、一斉にこちらを向いた時キラッと光った眼鏡の人だったのです。多分おじさんはつかまった時、あの地図を処分する余裕がなかったのでしょう。

何年か後で聞いたのですが、おじさんはあの日昼ごろ、須田町の有名なフルーツパーラーに入ったところを、張り込んでいた二十人近い刑事たちが飛びかかり、折り重なって捕らえられたということでした。

帰　郷

私は父について敷居の高い家に上がり、「ご心配おかけして申し訳ありません」と平伏しました。誰も何も言いませんでした。髪を洗い湯に入り着替えをして、二、三日、食事の他はうつらうつら過ごしました。なるべく誰とも顔を合わさないようにしました。

私の上京後、村の大火で家も全焼し、建て直したばかりの家には家具もなく、学校のようにガランとしていてなおのこと身の置き場がないように感じました。家では姉は甥の病気入院に付き添って留守、下の妹二人は三学期は雪が深く汽車通学は困難のため、F町の知り合いの家に下宿中。長く奉公していたお手伝いは嫁に行って通いのお手伝いが来ていました。父は特高課長さんの忠告を守ってか、一言も今度のことに触れませんでしたが、母は「あんなに優しい娘だったのに恐ろしい目付きになってまともに顔が見られない」と嘆き、「占いが当たった」と言いました。

私は占いなど問題にもしなかったので、上京してから一度も思い出したことも気にかけたこともありませんでしたが、留置場に入れられた夜寒に震えながらふと思い出し、「陽の目を見られない場所」という言葉を思い出し、愕然としたのでした。けれども、尊敬する人たちを赤い魚などという比喩は気に入らないので、頭の外に追い出して考えないようにしました。しかし今、母に言われて、私もそう思わずにはおれませんでした。でも後悔はありませんでした。

母の指図で私は東京から持ち帰った衣類をほどき、洗い張りに出して戻って来たものから縫い直しながら、どうしたら私が家に戻っていることを連絡出来るか、とそれのみを考えていました。郵便で知らせるのは危険と思い、しかし他に良い方法も思いつきませんでした。

半月ほどたって父も義兄も出かけ、母も奥に入り、一寸の間店が無人になったところへ客が来たので、私が出ました。客と応対していると外からもう一人すっと入ってきて、客が帰るなり、「駐在の者ですが、シゲコさんですね」と言いました。そこへ母が出てくると、「ここでは何ですから一寸上がらせてください」と言い、母が「はあ」と言っているうちに茶の間に入りました。「東京で」と言いかけたところに折りよく父が帰って来ました。駐在の質問には父が代わって答え、私は何も言わずに済みました。父の答えは聞いていても可笑しくなるほどことごとくトンチンカンで、駐在も苦笑して帰っていきました。父は「あの駐在は険しい男だ。手柄を立てようとしているから用心しなくてはいけない」と言い、母にも「もう決まりがついたことなのだから、ここで駐在に調べられることはない。私の留守に決して内に入れるんじゃないぞ」と申しました。

そんなこともあって、私も当分連絡は難しいと思いました。隣町の大きな温泉宿の息子さんが左翼運動でつかまり大学を退学処分になって、家で謹慎中だとの噂が流れてきました。多分私のことも女だてらにと隣町でも評判になっていることでしょう。ある夜、何かの気配で目を覚ますと、部屋に母が私の寝息を窺《うかが》いに来ているのでした。私はゾーッとしました。逃亡を気づかっているのでした。父は帰郷以来何も言わなかったものの、母は厳重に私の見張りを言い付かっているようでした。

三月の初めころ、S市の妹が試験休みで帰って来ました。その頃は学生の検挙騒ぎなどはざらで、妹の学校でもそうした事件があったばかりで話はわかりやすく、東京への連絡を引き受けてくれました。妹は恋愛して婚約中でした。相手の人は前年東京の大学を出てすでに就職していましたから、妹は卒業したら就職せずにすぐ結婚すると言いました。それで妹は、父には卒業制作の仕上げにまだ一週間位かかるから明日またS市に行く、と言いましたが、事実は東京の婚約者の元に行き、結婚式やその後の打ち合わせなど四、五日滞在するというのです。私は連絡先を誰にしようか、いろいろ考えました。

住所が判っているのは津上先生ですが、その後の消息を知らないので万全とは言えないし、など考えた挙句、Oさんならはるみさんというルートがあって、結婚を目前にした妹を会わせても危険のない人だと思いつき、気さくな人だからきっとうまく引き受けてくれるだろう、と考えました。

Oさんの兄上の勤務先を知っていましたので、兄上気付としての手紙をS市から投函してもらうことにしました。何日から何日までの間に妹の宿泊先を訪ねて私からの伝言を聞いてもらいたい、とだけ書きました。妹には、私の現況報告、上京を望んでいるので手段を考慮し援助して欲しいこと、妹の結婚後は妹に手紙の中継所を引き受けてもらいたいこと等、こまごまと打ち合わせて頼みました。私の上京の費用については、父が預かっている退職金がありましたから心配ありませんでした。

思ったより早く返事がありました。父は私を奥に呼び、「Oさんというのは誰か？」と聞いたので、英語を習っていた友達だと言いますと、一通の電報を見せました。「アスソチラニイキマス」。Oさんの名前を見てホッとしました。「どういう人か？」と聞きますから、会社の人の紹介で英語を習っていた人だが、決して心配するような思想の人ではないから無関係だ、多分私が消息をたってから久しいので様子を見に来てくれるのでしょう、ただの友達で、心配するような人でないのは会えば判る、と言いました。

翌日は朝から雪が降っていました。本線から連絡列車の着く時間頃、表に注意していますとタクシーが止まり、いつもボサボサ髪のOさんが髪を短く刈り、縞の背広を着てしゃっちょこばって降りてきました。私は飛び出していき、「まあ、こんなところまで。ようこそ」と言い、同時にOさんも「やあ、お元気そうですね」と言いました。傍《かたわ》らで父が「どうぞお上がりください」と自然に言いました。

囲炉裏《いろり》を囲んで、父はいつものように横座（家の主人の座る場所）に、Oさんと私は向かい合いました。私は昨日と同じ言葉で父にOさんを紹介し、Oさんも初対面の挨拶をして「シゲコさんが急にいなくなったのでずいぶんそちこち探したんです。そのうちご郷里に帰られたと聞いて伺ったのですが、お元気そうなので安心しました」と言い、私たちの会話の雰囲気はそのまま父に伝わって父も警戒を解き、Oさんの率直で気安い人柄に好感を持ったらしく、座は和らぎました。

そのうちOさんは急に居ずまいを正し、「実は本日はシゲコさんを私に頂きたいと思って伺いました」と手をついたので、私は飛び上がらんばかりに驚き、「まあ、Oさん、そんな……」と言うと、父は片手で私を制し、身を乗り出して承諾してしまったのです。

私が何か言おうとするとOさんはしきりに目配せして止めますし、呆気《あっけ》にとられてただ口をパクパクさせてしまいました。Oさんが「ありがとうございます」ともう一度手をつくと、我に帰った父はさすがにきまり悪くなったのでしょう、いささか威厳を取り戻し、Oさんの家族とか職業を聞き、どうして生計をたてるか、などと言い出したので、つい私も調子を合わせ、「大丈夫よ。私だって働けるんだから」と助け舟を出しました。父が「いや、女房をいつまでも働かせてはいけない」と言うと、Oさんは「友達がタクシー会社を経営しているから免許を取って運転手でも何でもやる」と言うと、父は「へええ、運転手を?」と妙な顔をしたので、私は可笑しくなってしまいました。当時は不況のどん底で、都会には失業者があふれていたのです。

父は正式に仲人を立てて籍のこともきちんとするように、と条件を言い、Oさんは全て承諾しました。そしてしばらくぶりなので二人で話がしたいと言うと許可が出ました。二階に上がり、「Oさん、どうしてあんな……」と言いかけると、Oさんは私を制し、「あなたに会ったら一番先に伝えてくれと頼まれてきたのです。みんな感謝しています。よく頑張った、と言ってましたよ」。それを聞いて、私もとても嬉しく思いました。Oさんは重ねて、「すごいんですね、みんなあなたを見直したと言ってますよ」などとも言いました。

それにしても、この思い切った救出作戦はどう方《かた》をつけるのだろう。私はそれが気がかりで、「はるみさんは知っているの?」と聞くと、「もちろん全部相談の上ですから。高木さんのご意見も聞いています。はるみさんも承知しています」「高木さんもご無事なのね。まあ、良かった」などとひとしきり消息を確かめ、それにしてもいろいろ気になるので、「さっき父が籍のことなんか言っていたけれどどうなさるの?」と聞くと、「僕はかまいませんよ。実は、今は詳しいことは言えないけれど、はるみさんとは清算済みなのです。彼女のほうから思想的に相容れないからと引導《いんどう》を渡されたのです。彼女はとっくに引っ越して、今は職場の同僚と一緒に暮らしています。今回の相談には彼女も立ち会っていますし、承知しています。あなたはどうしても上京したいのでしょう。僕は困ることは何もありませんから信頼して任せてください」というので、何が何やらはっきり判らないままに「どうもありがとう」といいました。Oさんは折りよくお兄さんのグループが出している研究誌の編集を手伝いにお兄さんの家に行っていて私の手紙を読み、すぐ妹を訪ねた、ということでした。Oさんは、その日の夜行で帰っていきました。

日ごろ立派なことばかり口にしている父の今日の態度は、ちょっと恥ずかしい気がしました。のどから手が出る、の図を目の当たりに見た気がしました。しかし考えてみると、父は困惑の限界にあったのです。父にしてみれば、ひと昔前なら自害をせまる仕儀だったのでしょう。私を引き取っては来たものの、嫁に貰い手はないだろうし、逃げ出して上京されてはこれ以上の不名誉を背負いかねない。春休みになれば妹たちも帰って来るのに、とんだバチルスが同居することになる。といって、娘を放り出すわけにもいかないと、ほとほと思案にあまっていたことでしょう。箒《ほうき》で掃きだせるものなら掃きだしたいもてあまし者を、雪深い山里までわざわざ貰いに来てくれたのですから、地獄に仏、我を忘れるのも無理はないと思いました。それに、Oさんの人柄も気に入ったのかもしれません。

Oさんと行き違いに妹が帰り、その後まもなく甥が全快して姉も帰宅し、下の妹たちも春休みで帰って来ました。両親も私もとりつくろいが済んでいてやっと安堵いたしました。妹の連絡は大成功でしたし、妹の結婚の日取りも先方からの申し入れで四月下旬、東京の神宮で、と決まりました。妹もウキウキソワソワで準備やら何やらで家中ざわめいていました。

Oさんからは、兄上からのすごい達筆の手紙や、恩師である大学教授から仲人として推薦の手紙が届き、前途有為の好青年などという常套句も父の気を良くしたようでした。私には一通の手紙もなく、父に対しては手続きは完璧でしたから、両親も一安心しました。

妹は嫁ぐ日も決まり、私の頼みごとも大おまけつきの大成功にすっかり気を良くして、「Oさんは姉さんが好きなんだってこと会ってすぐ判ったわ」などと言いました。私ははるみさんのことが気にかかり、何かうしろめたさのようなものを感じながらも、Oさんに以前とは違った親しみを感じ、頼る気持ちになっていくのは否めませんでした。慌ただしい日はすぐ過ぎて、妹は式の二日前、父と共に上京しました。

五月になってOさんの来る二、三日前、父はもう話してあるからと佐伯さんと伯父の家に挨拶に行くように申しました。気が重いのですが仕方ありません。私は目をつむって佐伯さんのお宅に行き、お詫びを言い挨拶しました。佐伯さんのおばさまは「あなたは天皇様なんかいらないから倒せ、という仲間に入られたそうで、私は肝も潰れるほど驚きました」と言われました。私はただ黙って頭を下げました。おばさまは私がこの土地には住めない謀叛人《むほん》であることを見抜いていらしたのです。伯父の家に寄ると伯父は、「ま、良かったな。親に心配かけるんじゃあないぞ」と言い、後ろの戸棚をごそごそ探して「こんなものでも持っていくか」と蓋《ふた》付の塗りおはちを無造作に紙にくるんで渡しました。その塗りは気に入っているので、今も持っています。

伯父の家から以前汽車に乗り遅れて走った道を家に戻りながら、さっきの佐伯のおばさまの言葉が胸に引っかかっていました。天皇制について私は疑問をもったことはなく、特別な意識を持ったこともなく、共産主義は天皇制を否定していることも知りませんでした。警察で聞かれた時もそうでした。共産主義とはいかなる思想であるか、私は理解も把握もしていませんでした。私は頭のからっぽな感性人間で、ただあの人たちの信念に燃えた生き方、行動に感激し、非合法を知っての上で参加し、自分の分を守っただけでした。佐伯のおばさまに、私は心を開くことはありませんでした。何を隠すというのでもないのに、窮屈でした。おばさまも私に異質なものを感じていられたのかもしれません。私は異端者なのだ、とその時ふと気がつきました。姉も妹たちも両親に不平不満など持っていない。私だけが家からもこの土地からも抜け出すことばかり考えていた。私ははぐれ者、親不孝者だとつくづく思いました。

私は自分の行動がこれほどまで親に迷惑をかけるとは思ってもみませんでした。切り離すことが出来ないものがあることに気づきませんでした。上京を前にして、今後どうしたらいいのか？　現状脱出以外頭の中には何もなかったのですが、上京してからのことだ、上京してから考えよう、と思いました。

かんこ花（かたくりの花）

その日は平日でしたから、汽車通学のため朝早く家を出る妹たちに、私の方が手を振りました。Oさんはこの前と同じ時間に来ましたが、義兄からも姉からもまるで旧知の人のように親しく迎えられました。父は印を押した届け用紙を渡して、何やら説明していました。私はよそ行きに着替えただけでした。

昼になり、こちらで、と母が襖《ふすま》を開けると、座敷にお膳が出ていて、いつの間に用意したのか尾頭《おかしら》付きの二の膳までついていました。父は、お前も少しと言って私の盃にもお酒を注ぎましたが、私ははるみさんのことが頭にあったので唇にあてましたが飲みませんでした。Oさんは上機嫌で盃を重ね、義兄と姉は代わるがわる店に立ち、家族だけのささやかな宴でした。小さな甥ははしゃいで、仕切りの襖を開けた次の座敷にまだ片づけずに置いてあった大きな炬燵《こたつ》の枠を湯船に見立て、「ああ、いい湯だ、いい湯だ」となんべんも枠につかまって出入りしては、「東京おんちゃん、へらえ（入りなさい）」と引っ張り込み、「おんちゃんも、言わえ（言いなさい）、ああ、いい湯だいい湯だ」とまとわりつきました。

お天気も良いので、父は「Oさんをその辺ご案内しておいで、上のホテルのあたりまで」と言いました。ちょっと意外な気がしましたが言われるままに外に出て、村のメインストリートを歩くのは気がひけるので、すぐ前の杉林の山に登り、見晴らしのきく所に案内しました。登ってみるとそこは昔のままで、台地のはずれに一本の栗の木があり、私たち子供が栗を拾っていると、崖の下のおあねさんが縁側に出て「コラー！」と叫んで追い払うのでした。

その辺一帯はその家の持ち山でした。「あの山は何山、隣が何山」などと説明しながら川をはさんだ対岸の山々や部落を指していてふと下を見ると、さっきは誰も見えなかった縁側に、二、三人の人が出ていてなお手招きして人を呼び、私たちを見上げていました。Oさんをうながしてその場を去りながら、父が通りを歩いてくるようにと言った意図が判りました。私が親に無断で出奔したと噂されないためのデモンストレーションだったのです。

帰りの小道を横にそれると、台座の上に座った赤い帽子の大きな石地蔵がありました。そこも昔のままに周囲に岩石を砕いたような小石が散らばり、台座の上にも小石がのっていました。私たちはいつもそこに来ると、年の数だけの小石をこぼれ落ちぬように台座にのせるのでした。

昔のように私は小石を三つ拾って台座にのせました。そこは二百年余り前の廃寺の跡で、苔むした墓石が立ったり倒れたりして静まりかえり、そこここに可憐なかたくりの花が咲いていました。木洩れ日の中をなお行くと、パッと目の前が開け、薄い紅紫の小花が一面に群生しているのが目に飛び込んできました。

「あ、かんこ花!」

「きれいだね!」

おもわず同時に嘆声をあげました。そこらの雑木は切り払われていて五月の陽光を浴び、愛らしい花々が微風にそよいでいました。こんな見事な群生を見るのは、はじめてでした。

「何の花?」

「かんこ花、かたくりの花なの。私の一番好きな……」
何とも言えぬ懐かしさが胸に溢れ、しばし見とれて立ち尽くしました。私はふと、私はこの人にこの花を見せたかったのだ、見てもらおうと予期していた、というような妙な思いが胸をよぎりました。
遊び盛りの私たちはその辺の藪の中の山吹の枝を切ったり(注)、木苺の実を取ったり、桑畑に入って桑の実を食べたり、花を摘んだりして日がな一日遊び、日暮れ近くなると急に怖くなり皆で呼び合って急いで山を下りるのでした。倒れた墓石の上を走り回り苔に足を滑らせて膝をすりむいたり、転んでこぶをつくったこともありました。私は、この土地に背を向け逃げ出すことしか念頭になかった故郷に別れを告げる日、ゆくりなくも忘れていた遠い日に巡り会ったのでした。

〈注〉山吹の枝を切り金の串を切り口にさしこんで押し出すと、白いスポンジの紐様の芯がとれます。それを絵の具で赤や黄や青に染めて細工したり、きざんでままごとの材料にしたりしました。

かんこ花「閑古花」はかたくりの花の方言です。郭公《かっこう》の啼くころ咲くからではないでしょうか。芭蕉に有名な句があります。

家に帰ると、父はどこを案内したか、と聞きました。私が前の山の見晴らし、と言うと、拍子抜けのした顔をしました。前夜、話し合いは済み、私は今後いっさい迷惑をかけないことを姉に誓いました。僅かばかりの私の荷物は駅留めで送ってもらうことにし、私はトランクとバスケットを持ってタクシーに乗りました。皆とは家の中で挨拶し、外に走り出た母が目に涙をためてOさんに、「よろしくお願いします」と頭を下げました。

駅に着くと、私は追われていた時の感覚で周囲を見回しましたが、時間はずれの待合室は人もまばらで不審な人など見当たりません。勢い込んで「上野二枚」と言うと、Oさんは「ちがいます、S市二枚」と言い直しました。「後で」と言って改札口に先にたったのでそれに続き、着いた列車の一番前の車両に乗り込み、他の二、三人の乗客が離れた後ろの方の車両に乗るのを見届けました。車内は空いていてすぐ発車しましたが、胸の波立ちはなかなかおさまりませんでした。次の駅が見え、ようやく無事脱出できたという気がして、Oさんに「うまくいったわね、ありがとう」と言い、すぐに「こんなにうまくいくとは思わなかったわ、本当にありがとうございました」と少し丁寧に言いなおして頭を下げました。するとOさんは憮然として、「ぼくは本気ですよ」と言って、窓の方に顔をそむけてしまいました。何か気に障ったことを言ったかしら、と話の接ぎ穂を失って間が悪くなりましたが、私はもう気がわくわくしていて走る窓外の景色を目で追っているうちにS市の近くになりました。

Oさんは、「実は、あれから間もなくはるみさんが急性の関節炎で動けなくなって病院に入院し、少しよくなって今、群馬の温泉で湯治治療をしているのです。僕の妹ということになっています。あなたと一緒に寄って引き上げることは手紙で知らせてあります」と言い、「そこに寄るのは、今日はもう連絡がつかないからS市に寄ります。弟がS市の国立大に入学して下宿住まいをしているから、今夜はそこに泊まろう」と言うのでした。私は、はるみさんの容態が気になりながらも、充分にゆっくり話し合いが出来るよい機会だと思いました。

S市の宿ではOさんの弟の友人が玄関に出てきて、「彼は学校が始まったのにまだ来てないのです。いくらなんでも今日あたりは来てるかと思ったのですが」と言いました。私たちは別室に泊まりました。一応形式的に式もすんでいたということからか、二人で泊まるのには何の抵抗もありませんでした。二人きりになってようやくくつろぎ、ホッと顔を見合わせました。夜になってOさんは、あなたはまだ判っていないようだが、はるみさんのことは清算済みで、今度のことも了解を得て行なったことであるし、自分は芝居をしたのではない、はじめから本気なのです、あなたの返事を聞かせてください、と言いました。

私はあまりにも突飛な作戦と驚いたくらいで、本気だなど思ってもみませんでした。私にとっては、すがりついた一筋の藁《わら》だったのでした。いつとはなしに半信半疑の状態になって心の動揺はあったものの、現実に結婚の申し込みと受け止めたのは、その時でした。しかし、急に言われても返事のしようがないのです。それで、「私はOさんの言うことを信用しないのでもないし、疑っているのでもない。ただ私としては直接はるみさんに聞いてみてからでなければ考えようもないから、お返事できないし、お返事してはいけないと思う」とややこしいことを考え考え言いました。Oさんは「じゃあ、はるみさんに会ってぼくの言った通りだったら、ぼくのこと考えてくれる?」と言うので、「ええ、いいわ」と答えました。

話はそれで済み、運ばれた布団をめいめいに敷いてやすみました。向きを変えると、宿の粗末なガラス窓の上部は透明で、キラ星がひとつ私を覗き込んでいました。私は祈りたい気持ちになりました。どうぞ私をお守りください、と。

星を見つめ心に祈っているうち、いつしか眠りに落ちました。

瓢箪から駒

翌朝、私たちは駅に行って列車の時刻表を調べ、宿のはるみさんに「ケフユフ《きょう》ガタユク」と電報を打って、その時間まで女学校時代に友人とよく行った向山公園を案内しました。そこからは一望の下に全市が眺望できました。

夕方ついた群馬の川沿いの宿の二階に、はるみさんは床の上に膝を折って半身起きていました。病人らしい青白い顔で、ちょっと硬い表情で私を見上げましたが、私は痛ましさと感激で胸がいっぱいになり、「まあ、どんなお工合い？　大変でしたわね、それにしても……」と洪水のように一気に話し出し、はるみさんも一別以来の積もる話に夢中になっているところへ夕食の膳が運ばれ、はるみさんは「今日から私のお姉さん」と紹介したりしました。

夕食後も続いてお喋りしてから、私が一緒にお湯に入りましょうと誘うと、彼女は「さっきあなた方が着く前に三度目を入ったばかりだから今日はもういいの。とても良いお湯だからシゲコさんも入ってらっしゃい。お疲れでしょう」と言い、だいぶ良くなって手摺《てすり》につかまりながら一人で入れるようになった、と言いました。言われるままにゆっくり温泉につかり宿の浴衣《ゆかた》に着替えて戻ると、部屋にははるみさん一人だけで、慌てて顔をそむけました。オヤ、彼女は泣いていたのではないだろうか、という感じが一瞬胸をよぎりました。

「ゆうべS市に泊まったんですって?」とはるみさんが聞くので、「そうなの、家を出るのが遅かったのでここまで連絡がつかなかったのよ」と私はありのままを答えました。女中さんが来て、「お隣の部屋ですから」と言って帰り、私が襖《ふすま》を開けると寝具が二組敷いてありました。「いやだわこんなの」と言ったところへ湯上りのOさんが戻ってきたので、二人でテーブルを隣の部屋に運び三人並んでやすみました。私が真ん中でした。はるみさんは沈み込んだ様子で、「はるみさん、はるみさん」と呼んでも返事はなく、私はその夜はるみさんと話をしなければと思っていましたので、Oさんには隣の部屋でやすんでもらえばよかった、とその時気がついたのでしたが、それも改めては言い出しかねていると、「もうやすみましょう」とＯさんが言い、私は大事な話の機会を逸してしまいました。

翌朝、朝食の膳を運んで来た宿の女将《おかみ》さんのことを、はるみさんは「今まで一度もこの部屋に来たことはなかったのよ、お兄さんのお嫁さんを見に来たんだわ」などと言いました。はるみさんは片手をＯさんの肩につかまり、片手を私がとって駅まで歩きました。

上野駅に着き、駅からはるみさんの同僚だった友人の家までＯさんが送っていき、そこに二、三日泊めてもらうことにして、私たち二人はＯさんのお兄さんのお宅に行きました。そして翌日は、朝から家を探しに出かけました。玉川電車の三宿《みしゅく》辺り次の停留所までの一区間を歩くと、電柱ごとに貸家の紙が斜めに貼ってあり、頃合いの間取りの家を三、四軒見て歩くと、その日のうちに格好の家が見つかりました。私たち三人は上京三日目にその家に落ち合い、一緒に暮らすことになりました。

私はさっそくＯさんに連れられて、お仲人を引き受けてくださった大学教授のお宅に挨拶に行き、続いて連日Ｏさんの兄上の友人宅四、五軒を挨拶に廻りました。兄上の親友である藤井先生という人が、高木さんと中学、高校時代からの親友で、シンパなのでした。それで上京したはるみさんは藤井先生のお宅にしばらくご厄介になっているうち奥さんと気まずくなって、藤井先生の知人の家を三、四軒転々としたことは、私も聞いていました。藤井先生のお宅に行くと、「やあ、とうとう来たね。そちこち廻って評判だよ」とおっしゃいました。皆、はるみさんのこともご存知なので噂になっているのでした。奥さんは美貌なのにいつも神経が立っているらしく、眉がピクピク動く感じが異様でした。

高木さんはまた捕まって市ヶ谷刑務所に収監中とのこと、藤井先生の奥さんが時々差し入れに行かれるそうで、富久町の救援会の事務所の場所など聞きました。高木さんは四・一六の被告で盲腸の手術のため執行停止で入院中の病院から抜糸前に逃げ出して地下運動をされていたのだそうで、私が会ったのはその期間中だったのでした。

藤井先生のところで聞いたのは高木さんの消息だけで、新海さんのことはお名前さえ知りませんでした。市ヶ谷富久町の救援会事務所は一間きり、出入り口の隅がお勝手になっていて部屋の壁全面にビラが貼りつめられ、壁に寄せて、差し入れや宅下げの本や衣類を包んだ風呂敷包みが積み重ねてありました。ふだんは「渡政《わたまさ》のおっかさん」という人が住んでおられるそうですが、私が訪ねた時はお留守で戸締りもなく無人でした。しばらく入り口に立っていると、そこへ来た女の人がちょっと中をのぞきこみ、私に声をかけて、刑務所の門まで案内してくださいました。

高木さんに面会を申し込み、控え室で待っていました。そこは部屋だったか、あるいはただ屋根があっただけなのか記憶は確かではありませんが、長い三、四人掛けの床几《しょうぎ》のような椅子が並んでいて、多勢の人が順番を待って腰掛けていました。埃っぽい風が吹き、灰色の、これ以上の殺風景はないと感じました。

番号を呼ばれて面会所に入ると、細い通路の片側がいくつにも仕切られているらしく、戸口が並んでいました。入ると胸の高さに肘《ひじ》をつく位の台があって、金網を張った丸い窓がありました。薄暗い奥から高木さんが窓の向こうに姿を見せ「やあ」と言いましたが、どこかしら不機嫌な様子でした。私が話し出し、Oさんと結婚して今はるみさんと三人で暮らしている、と言うと、急に「私はそんなことは知らない」と顔を真っ赤にして怒り出しました。他に何を言われたのか、たちまち面会時間は切れてしまったので覚えていません。私はそのときはまだ本当は結婚していませんでしたが、高木さんから怒られる理由はないと思い、それっきり面会にはいきませんでした。後で聞いたのですが、Oさんの私の〝救出作戦〟の相談には高木さんは加わったのではなく、報告を受けた時「瓢箪から駒が出ることになりそうだ」と難色を示されたということでした。

その四、五日後に、突然、藤井先生の奥さんがもう一人の女の人と訪ねて来ました。ちょうど私たち三人、話をしていた時でしたから、玄関から狭い家は丸見えで、はるみさんは居場所から挨拶しましたが、奥さんはそれを無視して二人には見向きもせず、私にちょっと話があるからその辺まで出てくれ、と言いました。

私が外に出てついていくと、藤井先生の奥さんは連れの人を鍋山貞親の奥さんと紹介しました。救援会事務所で「渡政《わたまさ》のおっかさん」に次いで「鍋さんの奥さん」と呼ばれている人でした。今、組織ではあなたを必要としている、人手不足なのだから至急あそこを出て来てもらいたい、と切り出されて、私はびっくりしてしまいました。私は突然のお話ですぐにはお返事出来ないし、ご覧になられた通りはるみさんは足が悪くて動けない状態だから、それを放って出るわけにはいかない、と申しますと、奥さんは「あんな人たちにあなたは利用されているのよ。あなたには立派な仕事があるわ」と言い、鍋山夫人もはるみさんたちをすっかり悪者扱いにして、反対に私を持ち上げ、即刻あの家を出るように、と命令的に言いました。私は藤井夫人についてはるみさんからいろいろ聞いておりましたし、私の印象からも全然信用していませんでした。何にも判っていないのに偉そうなことを言う、とかえって反感を持ちました。鍋山夫人はどのようなルートからの申し出だったかは知りません。しかし私についてもはるみさんのこともよく知らないはずですから、藤井夫人の告げ口の口うつしにすぎないと思い、お話はありがたいが、とはっきり断りました。藤井夫人は一瞬唖然とし、あなたはあの二人の食い物にされると言い、鍋山夫人は、せっかくの好意も聞かず今の生活を続けるならあなたは堕落するだろう、と捨てぜりふを言ってサッと身を翻《ひるがえ》し、二人は腕を組んで立ち去りました。

鍋山貞親氏が転向して出獄し、解党派として活躍したのは、それから一年後だったと思います。

私が急いで家に戻ると、二人は不安そうな顔を上げ、はるみさんは目をいっぱいに見開いて私を見上げました。私が鍋山夫人の申し出と、それをはっきり断ってきたことを言うと、はるみさんは双手を挙げ、「さすが、あなたはえらい」と大喜びしました。

隣り近所とは別段つきあいはしなくても、裏の差配のおじいさんも、お向かいの奥さんも、私たちは新婚の夫婦で、妹との三人家族と見ていました。Oさんがはるみさんを背負って病院に行ったこともありました。これといった治療法もなく、乾燥カミツレ草を金盥《かなだらい》で煮出して熱い薬草の液に足を浸し、手拭いで患部を温め、湿布をするなど日に二、三回繰り返す位で、なかなかはかばかしくありませんでした。

私は毎日めまぐるしく追い回されているようで落ち着かず、まだ今後の方針は決めかねていました。新海まことさんに会いたいとは思いましたが、郷里の親や姉妹のことも心に重く、あえて連絡をとろうとまでは踏み切れませんでした。津上先生は伯父さまの病院の伊豆の分院に長く出張中とのことでした。私たち三人暮らしのことは、Oさんの知り合いの間では話題になっていろいろと取り沙汰されているようでしたが、私たちは友情で結ばれた共同生活だ、などと意気がっていました。若さゆえのツッパリで、お互いが自分自身を美化していたのでした。

はるみさんは私を教育してあげると言い、三人でテキストを読み始めました。私はものの言い方、行動についてプチブルだとチェックされました。私の今度の上京については、何が何でも上京しなければならない、生家とは縁を切ってということ以外何の考えもありませんでした。Oさんはいわば渡りに舟とすがりついた藁《わら》でした。ただ両親と妹たちにこれ以上迷惑をかけまいということは肝に銘じていました。今後のことは上京してから考えようと思っていたのでしたが、群馬の温泉旅館に着いた時からそのいとまはなく、Oさんの言うがまま決めるままに行動してきたのでした。はるみさんと話し合わなければと思っても、何とはなしはるみさんは避ける気配で、その折もなくいつしか流れてしまっていました。

新海まことさんは私の心の奥に住みついていて、時たま対話を試みました。私はとてもまことさんのようにはなれない、何もわかちゃいないし勉強もしていないという根本的なこと以外に、やはりもし私が刑事罰を受ける事態になったら、あの狭い山里で妹たちの結婚に差し障りが生じるのは目に見えています。二人の妹の幸せを阻《はば》み傷つけられるほどの意義あることが私には出来るだろうか？　思い上がってはいけない、私にそんな権利があるはずがない。人を傷つけず自分に出来ることをやるしかない。非合法活動には入るまい——という方向に私の気持ちは固まっていきました。やはり三月《みつき》あまりの故郷での親不孝は身に応《こた》えていました。

今の私に出来ること、それは一番身近なはるみさんを看取《み》って戦列に復帰させること、それが目下の私の使命ではないか、そんな風に思いました。父が預かっていた私の退職金は二回位に分けて送金してもらいましたが二月程《ふたつき》で使い果たし、私は職業紹介所へ登録して日参しました。紹介所では思わしい仕事はなかったのですが、新聞広告で応募した会社に採用されました。工業用の部品を製造販売している外国企業の日本支社で、日比谷に新築されたばかりの素敵なビルのオフィスに、私は通勤し始めました。何とか命の綱がつながりホッとしました。

はるみさんが津上先生に出した手紙で連絡がつき、津上先生が湯治の費用をカンパしてくださったので、はるみさんはまた湯治に行くことになり、Oさんが送って行きました。翌日帰ってきたOさんは、今度のお湯はぬるいお湯で良く効くそうだ、昨夜はるみさんとよく話し合ったのだけれど、私たちが本当に結婚してくれないとかえってお世話になりにくい、私によろしく、との伝言だったということでした。

自分自身をもてあましているコンプレックスの塊《かたまり》のような私は、何の気がねもいらない心優しいOさんと結ばれました。Oさんは文化連盟の詩人会のメンバーになっていて、毎月の集会に出ていました。当時『プロレタリア文学』の代表編集人であった本庄陸男さん(好短編『白い壁』や長編『石狩川』の作者)と親しく、私も本庄さんのご紹介で婦人部の集会に出席したことがありました。皆さん侃々諤々《かんかんがくがく》意見をおっしゃって私はすっかり怖気《おじけ》づいてしまい、二、三回でやめてしまいました。当時、上層部からは外郭団体である文化連盟のメンバーなど無名の者は軽視されていたようでした。本庄さんは真面目な地味な方で、私たちは亡くなられるまで長くお付き合いしましたが、これは後々のことです。

はるみさんの湯治は三週間あまりで、またOさんが迎えに行き帰ってきました。少しは良くなってきましたが、まだ用事をしたり一人で外出などは出来ませんでした。お互いにいたわり合い励まし合いに始まった私たちの生活でしたが、もともと男女三人という形態は無理な取り合わせで、私たちの気負いは長続きせず、めいめいがいい子であろうと表面とりつくろうのに疲れ、いらいらするようになって、内心三人三様の修羅場を耐える羽目になっていました。私は一日の大半を外に勤めで出られましたから、まだましだったでしょう。今にして思えば、収入もなく、行動も不自由なはるみさんが、勝気な人だけに一番つらかっただろうと察しがつきます。

ようやく津上先生が出張先の伊豆の分院から戻ってこられ、訪ねてくださいました。津上先生は直線的にしか物を見ない方ですから、私たち三人の共同生活は納得がいかないという感じが表情に出てぎこちなく、はるみさんから生活援助の願いを聞くと早々に帰られました。お返事はすぐ私の出勤中にありました。それは、「三人一緒に暮らすことは自分は良くないと思う。はるみさんの生活費を全額負担する能力は自分にはない。はるみさんが郷里の両親のもとに帰られるなら、その旅費は出してあげられる」ということでした。

崖っぷちに立たされた私たちは、夜遅くまで話し合い、結論を出す極《きわ》みになって、はるみさんは私に言いました。「私を連れてここを出て！ 私の面倒を見てちょうだい、私はあなたを立派に育てて見せるわ。あなたは素晴らしい人よ、こんなOさんなんか私でさえ見限ったのよ」。私は咄嗟《とっさ》に、嘘だ！ はるみさんは私とOさんを一緒にしたくないだけだ、と感じました。ここにきて、私とはるみさんがうまくいくはずはない。それにしてもOさんの面前でそうまで言うなんて……ひどい！

「Oさんは？」と私は聞きました。Oさんはすっかり打ちひしがれてうなだれていました。そして、「おれはいいんだ。おれのことなんかどうだっていいんだ」と叫ぶように言いました。それは、悲鳴のように聞こえました。私は出来ない。この善意の無私の人を利用だけするなんて私には出来ない、いや、してはいけない、と思いました。それで、「私は行かないわ。私はここに残るわ」と言いました。Oさんはパッと顔を上げ、全身の歓喜を眼にこめて輝くような顔で私を見つめました。私は傍《かたわ》らのはるみさんの方を見ることは出来ませんでした。

翌日からは、私は部外者になりました。報告は受けましたが、相談は一切ありませんでした。はるみさんのそうしたはっきりした出方は、私にとってむしろはるみさんにすまないという気持ちを相殺し、私の選択を正当づけました。

案ずるより早く、はるみさんと仲の良かった既に嫁いでいたお姉さんから、引き受けるという返事がきました。到着時間に駅まで出迎えに来てくださるなどの連絡もついて、津上先生からのカンパも届き、次の日曜日に上野までOさんと私で送って行くことに、十日ほどの間にバタバタと決まりました。

金曜日だったか、せめて少しご馳走でもと思い買い物をして帰ると、はるみさんはもう帰ってしまわれて、Oさんは「今日は天気が良いので日曜日に雨にでもなると難儀だから、と急に思いついて帰った。あなたの留守で悪いけれどよろしくって」と言いました。私に送られたくなかったのだろう、と思いました。「そう、良かったわね、席とれた?」「ちょうど良い席に掛けさせてあげたよ。直通だから心配ないよ」。私は、Oさんは私の帰宅時間までに帰り着けるぎりぎりのところまで送って行ったのだろうと思いました。それならお姉さまに引き継ぐようにすればよかった、とさすがに気の毒に思いました。

四、五日後、はるみさんから私たち二人宛のハガキが届き、無事お姉さまに会えたこと、お姉さまのお宅に落ち着いたこと、いろいろお世話になりました、とありました。夏の終わりの頃でした。

エピローグ

年が改まって『鉄塔』に「ある人の手紙」という記事が連載されました。豊多摩の獄中から愛する妻に宛てたその手紙は、愛児誕生の知らせを聞いた時の歓喜と命名のいわれが感動的に綴られていて、名は伏せられていましたが、まことさんのご主人からまことさんにおくられた手紙だとすぐに判りました。浩然の気に満ちたお二人の様子が目に見えるようでした。

しばらくしてまことさんにお会いしました。新海さんは仮名で、柚木さんとおっしゃるのでした。まことさんは赤ちゃんをおんぶしてねんねこを着ていました。まことさん似の目の大きな顔立ちの良い赤ちゃんは、男の子らしく凛として丈夫そうでした。お互いに現在の生活にふれるような話はしませんでした。まことさんのお知り合いのお宅に行きましたが、始終出入りしあっているらしくお宅の方々とも家族のようで、勝手にお台所に行ってミルクをつくったりオムツを代えたり、若い優しい母親でした。

そこのご主人がエスペラントの小説を翻訳された文庫本が刊行されたばかりで、一冊頂きました。まことさんはご主人の差し入れなどで今は地下活動は出来ないので、エスペラントのお仕事をしていらっしゃるのかもしれないと勝手に想像しました。

まことさんは私に立ち入らず、何も勧《すす》めませんでしたが、もし私の方から申し出たなら、橋渡し出来るルートがあることは自明でした。けれど私は、もう踏み出すことは出来ませんでした。まことさんに会えただけでも嬉しかったと思い、それっきり訪ねませんでした。

二年位後、妹のところに年子で二人目の赤ちゃんが生まれ、孫に会いに父が上京してきました。私は相変わらず勤めていて、Oは実兄の友人グループの研究誌や、小さな業界紙の編集など半端な仕事をしていました。父は私に、「Oさんは大学を出るのに何年かかるのか?」と聞きました。「さあ、予科は出ているから二年と思うけど、月謝滞納で除籍になったのだから」と申しますと、「お前には大火の後だったたし、嫁入り支度は何もしてやらなかったから、その代わりに……」と言い出したので、私は「それは東京へ出る時の約束だったからいいんです」と申しました。しかし父は、「いやお前にではない。Oさんへの私の志だ」と言い、「学費を出してあげるから、大学を出てもらいなさい。女房がいつまでも外に出ているのはよくない」と申しました。当時は入試、入学事情は現在と違いいたって簡単でしたから、Oは難なく復学できました。

同じ頃、はるみさんの消息を聞きました。ご郷里に帰られると間もなく足も良くなられ、片足を少しひきずる後遺症だけで盛んに活躍されているとのことでした。さらに何年か過ぎて、はるみさんは労働組合の活動家と結婚なさり、三人のお子様にも恵まれたとのこと、風の便りに聞きました。

《解題・追記》
横浜事件と小野　貞さん

梅田正己
（横浜事件・再審裁判を支援する会）

冒頭に付けた解題は長すぎる上に、さらに解説を重ねるのはまったく異例のことになる。しかし小野　貞さんについては、どうしても書き加えておかなくてはならないことがもう一つある。横浜事件とのかかわりである。ここでもまた治安維持法と特高警察が登場する。

順序として、冒頭解説を引き継いで述べることにしたい。

一九三一（昭和六）年九月一八日、関東軍が引き起こした満州事変により、日本は一五年戦争に引きずり込まれてゆく。共産党に対する弾圧はいっそう苛烈さを加え、治安維持法による検挙者数は、三〇年は六八七七名だったのが、三一年には一万一二五〇名、三二年には一万六〇七五名となり、三三年には実に一万八三九七名に達するのである。そうした中、三三年二月、作家、小林多喜二も特高にとらえられ、かつて自分が描写した以上の残虐きわまる拷問によって絶命させられた。

共産党についてはその後、三五（昭和一〇）年三月、最後に残った中央委員が検挙され、地下で発行しつづけてきた機関紙『赤旗《せっき》』も停刊となり、国内での組織的統一的な活動が絶たれる。

その翌々年（一九三七年）、日本は中国との全面戦争に入り、さらに四年後（四一年）には米英との戦争に突入する。国家総動員体制の下、「挙国一致」「尽忠報国」のスローガンで国じゅうがおおわれ、いっさいが政府・軍の統制下に組み込まれた。もはや共産主義運動が存続する余地などはどこにもない。

ところがそうした中、こともあろうに「共産主義宣伝」「共産党再建謀議」を理由に、治安維持法が発動されたのである。それもきわめて大がかりに。

一つの発端は、国際政治学者、細川嘉六《かろく》が総合雑誌『改造』の四二（昭和一七）年八、九月号に発表した論文「世界史の動向と日本」であった。論文の骨子は、「大東亜共栄」を達成するためには（政府は米、英、中国との戦争を、「大東亜共栄圏」を実現するための「大東亜戦争」と名付けていた）何よりも第一次大戦以後に世界史的潮流となった民族自決を受け入れ、アジア諸民族、わけても中国の民族的自立を認めるべきだというものだった。

ところが陸軍報道部は、この論文は「共産主義宣伝」だと決めつけ、同年九月一四日、治安維持法違反で警視庁に細川を検挙させた。同時に、『改造』八、九月号は発禁処分となった。同誌編集部には脅迫電話があいつぎ、社屋の玄関にはステッキを持った恫喝者たちが押しかけた。

追いつめられた発行元の改造社は、編集長の大森直道を引責退社させ、編集部全員を他の部署に配転した。その配転させられた編集部員の一人に、小野　貞さんの夫、小野康人さんが含まれていたのである。

横浜事件のもう一つの発端は、細川検挙の三日前、神奈川県特高による川田寿（当時、外務省の外郭団体、世界経済調査会勤務）夫妻の検挙であった。容疑は、戦前、川田夫妻が米国で労働者運動にかかわっていたことから発した米国共産党との関係だった。

川田夫妻に対する取り調べは、親族からさらに交流のあった研究者たちへと広がった。その研究者の一人の家宅捜査から、一枚のスナップ写真が出てきた。この写真により、細川の線と川田夫妻の線が結びつけられ、以後の大量検挙につながってゆくのである。

では、その写真とはどういうものだったのか。それは、細川が検挙される二カ月前の四二年七月、細川の著作『植民史』（東洋経済新報社）の印税が入ったので、細川が親しい編集者や研究者を郷里の富山県泊（現、朝日町）に招いて懇親の宴を開いたさいに、宿泊した紋左《もんざ》旅館（現在も営業している）の中庭で撮られたものだった。全員浴衣《ゆかた》姿で、細川をはさんで六人の編集者、研究者が写っている。その中の一人、細川の左隣に、小野康人さんも写っていたのだった（招かれたのは、撮影者の満鉄調査部の西尾忠四郎を含め七人）。

翌四三（昭和一八）年五月二六日早朝、小野さん夫妻のアパートに特高刑事がやってくる。そのときの様子を、小野さんは『横浜事件・妻と妹の手記』にこう書いている。

「彼らは、机の引き出しを開け、あちこち引っかきまわし、本棚から目当ての本を引っぱり出しては畳の上に積み重ね、他の本も一冊一冊ぬきだしてはふりまわして放り出した。たちまち狭い部屋の中は隙間もなくなり、本を踏んで立つ状態になった。」

「三人は、畳の上に積み重ねた書籍を、持参した三枚の大きな風呂敷に包み、そのほか紐で縛ったものなど、めいめいが持ち、主人にも一つ持たせて立ち上がった。身の回りの品は、手拭い、ちり紙、歯ブラシ、石鹸などを入れた小さな風呂敷包みだけだった。」

「玄関の外に出た主人の顔を、そのとき私ははじめて見た。主人は、泣きべそをかいた私に目で笑いかけ、『心配しないで』とだけ言った。

一行はドヤドヤとアパートの階段を下り、左に折れてすぐ見えなくなった。」

ここには客観的な事実だけが書かれているが、このとき小野さんの脳裡には当然、一二年前の特高刑事二人に踏み込まれたさいの記憶が一挙によみがえっていたにちがいない。

泊の宴に参加した七人のうち、二週間前に検挙されていた二人を除く五人が、この日、同時に検挙された。細川を囲む懇親の宴を、神奈川県特高は「共産党再建準備会議」と断定したのである。

しかし、たんなる懇親の宴会を「共産党再建準備会議」に仕立てたわけだから、物的な証拠はどこにもない。そのため、自白だけが「証拠」にされた。そしてその「自白」を手に入れるため、激しい拷問が加えられたのである。横浜事件は拷問の凄惨さで知られるが、ここにその必然性があった。この拷問による〝自白の連鎖〟で検挙された人の数は、現在判明しているだけで九〇名をこえる。

戦後になり、事件の被害者三三名が、自白強要のため暴虐の限りをつくした特高警察官を「特別公務員暴行凌虐罪」で共同告発した。結果は、一九五二（昭和二七）年の最高裁判決で特高警官三名の有罪が確定したが、この共同告発のさい、被害者たちは拷問の証言としてそれぞれ「口述書」を裁判所に提出した。次に、小野康人さんの口述書の一部を、少し長くなるが引用する。

〈……午前十時頃、森川警部補、杉田巡査部長の二人がやってきて、私を二階の一室に連れ出し、コンクリートの床にひきすえて、ここでもまた拷問がはじまったのです。私は、

「日本の政治力を拡充する為に、自分が編輯《へんしゆう》者としての職域から、努力して何が悪いのか」

と反問しました。すると、

「この野郎、髪の毛を一本一本引き抜いてやる」

と言い、私の髪を握って、ぐいぐい引っ張り、額を床に打ちつけ、靴で腰を蹴るのです。

一方、「杉田」は、木刀で、がんがん背中を打ち、

「お前らの一人や二人殺すのは朝飯前だ。お前は、小林多喜二が何うして死んだか知っているか！」

と絶叫しながら、約一時間にわたって袋叩きにし、私はとうとう気絶してしまひました。

私が、三十分ほどして気がつくと、二人はニヤニヤ笑ひながら、

「今日はこの位にして置かう。お前らは、これをテロると言っているが、俺たちはみそぎと言ふんだ。やきのことだよ。ぶち殺して、生まれ変はらすのだ」

と言ひ、再び、私を留置場に抛りこんだのです。〉

こうした凄まじい拷問によって、横浜事件は中央公論社の若い編集者二人を含め四人の獄死者と保釈直後の死者一人を出した。「小林多喜二はどうして死んだか知っているか！」は、拷問を加えるさいの特高警官たちの合い言葉であったらしく、多くの被害者の口述書に登場

する。

神奈川県特高によって検挙された人たちは、横浜市内の各警察署の留置場に入れられ、こうした拷問によって特高の言うがままに「手記」を書かされ、「調書」をとられた。横浜事件という呼び名はここから生じた。

夫がいかなる容疑で検挙されたのか、まったくわからないまま、小野さんは横浜の警察署に差し入れに通う。ある日、県庁にあった特高室に行くと、空の弁当箱と一緒に衣類が戻されたが、その単衣《ひとえ》の着物を広げてみると、背から腰にかけ一面に血が付着していた。「これは何ですか！」と抗議すると、刑事は「おできでもひっかいたんだろう」ととぼけた。それを聞いたときの気持ちを、小野さんは先の『妻と妹の手記』にこう書いている。

「私はカッとなり、『そんなものなんかありません！』と叫んだ途端に、涙がサアッと流れ、声をあげて泣き出した。どんな拷問が加えられたかと思うと、いたましく口惜しく、ますます大声でワアワア泣いた。」

このときも、小野さんの脳裡に、かつて自分が千葉の警察署で受けた拷問の記憶がよみがえっていたことは間違いない。だからこそ、夫の受けた拷問の苦痛を自分自身の痛みとして感じ取り、われを忘れて号泣したのだ。

横浜事件でとらえられた人たちの勾留《こうりゅう》は、一九四五（昭和二〇）年八月の日本の敗戦までつづいた。小野康人さんの場合は二年余を、前半は留置場、後半は拘置所で過ごしたことになる。この間、『改造』『中央公論』の二誌は廃刊に追い込まれ、さらにその発行元である改造社、中央公論社は「廃業」させられた。四四年八月の「特高月報」はその〝成果〟をこう記している。――「本事件により……中央公論社、改造社内の永年に亘《わた》る不逞《ふてい》活動を究明剔決《てつけつ》して遂に之《これ》を廃業に立至らしめ、戦時下国民の思想指導上偉大なる貢献を為し得たること、は特筆すべき事項なり。」

こうした事実から、横浜事件は、国家権力による大がかりな冤罪事件であるとともに、日本の近代史上最大の思想・言論弾圧事件とされる。

敗戦後、裁判所（横浜地裁）は、米占領軍の進駐を前に大あわてで、起訴状朗読から判決言い渡しまでを一日ですませるという即決裁判、しかも複数をひとまとめに処理するやっつけ裁判により、全員に執行猶予付き有罪判決を下した。

その後、被害者たちが特高警官を共同告発したことは、先に述べたとおりである。

戦後四一年がたった一九八六（昭和六一）年七月、横浜事件被害者とその遺族八名は、横浜地裁へ再審を申し立てた（弁護団は森川金寿団長、大川隆司事務局長）。四一年もたって再審裁判を起こしたのは、当時、中曽根内閣によって国家秘密法案や拘禁二法案が準備され、再び〝治安維持法の時代〟がやってくるかも知れないという危機感からであった。故小野康人氏（一九五九＝昭和三四年一月没）の遺族として、小野さんも原告団（申立人団）に加わった。

再審申し立てに必要な「新証拠」は、前述の特高警官による拷問の事実を認めた最高裁判決だった。拷問の事実を認めたということは、有罪の根拠とされた「自白」が拷問によることを認めたことにほかならないからである。

しかし裁判所は、「一件記録の不存在」をたてに、記録がない以上、審理のしようがないという〝門前払い〟的対応に終始した。記録が存在しないのは、敗戦前後、占領軍による責任追及を恐れて、裁判所みずから治安維持法関係の書類を焼却したことを認めながらである。自分で証拠を隠滅しておいて、証拠がないからダメだという理屈は、市民の世界では通用するはずもないが、この国の裁判所では立派に通るのだった。九一年三月、最高裁は「棄却」を決定、第一次再審裁判は終わった。

「記録の不存在」という裁判所の形式論理の壁は、単純なだけに突破するのが困難だった。原告団と弁護団、それに再審提起の年に結成されていた「横浜事件・再審裁判を支援する会」事務局では、新たな「証拠」を求めて調査をつづけた。しかし、有力な「新証拠」は見つからなかった。

結局、小野康人氏のケースを突破口として、第二次再審を提起することになった。記録がほとんど失われている中にあって、小野康人氏についてだけは「予審終結決定」と「判決」がそろって残っていたからである。少なくとも小野氏については、裁判所は「記録の不存在」で逃げることはできない。そして、小野氏の再審が実現すれば、次にはそれを「新証拠」として、他の被害者の再審実現に進むことができるはずだ。

一九九四年七月、第二次再審裁判が再び横浜地裁に申し立てられた。今回の「新証拠」は前記の細川論文「世界史の動向と日本」であった。というのは、判決書に書かれた小野氏の「犯罪事実」は、『改造』の編集会議で細川論文を掲載するという企画に賛同し、同論文の校正を行ったことだとなっているのに、その「証拠項目」からは肝心の細川論文が抜け落ちていたからである。つまり、「犯罪事実」と「証拠」の間の矛盾をつき、裁判所に対し改めて細川論文を審査することを求めたのだった。そのため、二人の現代史研究者、今井清一、荒井信一氏による細川論文の鑑定書も提出した。

しかし今回も裁判所は、こうした問題提起を正面から受けとめることを回避し、証拠項目には挙げていなくとも、同論文の評価が犯罪事実の前提をなすのだから、論文を調べないで判決を下したとはおよそ考えられない、という恣意的な〝憶測〟で原判決を擁護してきたのだった。

再審裁判を始めたとき、小野　貞さんは七七歳だった。外見も、いかにも弱々しく見えた。しかし以後、青春の時に返ったかのように、全力を挙げて横浜事件の解明にとりくんでゆく。資料を読み、調べ、考え、それを文章にしるす作業を、八六歳で亡くなるまで、飽《あ》くことなくつづけたのである。その成果は、四冊の本に結晶した。

最初の本は、ここでも引用した『横浜事件・妻と妹の手記』（気賀すみさんとの共著。気賀さんは、元『中央公論』編集部員で獄死した和田喜太郎の妹）である。筆者が編集者をつとめ、一九八七年に高文研から出版した。

その後、八八年には小冊子『横浜事件を風化させないで』を、九〇年には同じく『横浜事件・真実を求めて』を自費出版した。そして第二次再審請求を行った翌九五年一月、大川弁護団事務局長との共著で、『横浜事件・三つの裁判』を出す。これも筆者が編集者をつとめ、高文研から出版した。

この最後の本を出してから半年後、小野さんは脳梗塞で倒れ、入院、九月三〇日未明、永眠した。

再審裁判は、小野さんの遺児、小野新一さんと斎藤信子さんが受け継いだ。しかし裁判所の対応は前述の通りで、九六年、横浜地裁「棄却」、九八年、東京高裁「棄却」、二〇〇〇年七月、最高裁の「棄却」で第二次再審請求も終わった。

その後二〇〇二年三月、小野さん兄妹と、新たなメンバーを加えた弁護団、支援する会は、三度目の挑戦にとりくんだ（この間、故木村亨氏夫人や板井庄作氏らを申立人として第三次再審申し立てがあった。そこで今回は第四次再審請求と呼んでいる。第三次の主張は、日本の民主化を義務づけたポツダム宣言の受諾の時点で治安維持法は失効していたはずだから、それ以後の同法による判決は無効、という論理立てになっている。）

第四次再審請求の「新証拠」は、前記の細川論文についての今井、荒井両歴史家の鑑定書と、新たに加えられた波多野澄雄筑波大教授による鑑定書、それに小野康人氏の「予審終結決定」である。

まず三本の鑑定書は、細川論文に対する「共産主義宣伝」論文という決めつけが予断と偏見の産物に過ぎないことを、歴史的事実にもとづいて論証している。そうであれば、細川論文の掲載に賛同し、その校正を行ったという「犯罪事実」も自動的に消滅する。

次に「予審終結決定」は、戦前の裁判制度にあったもので、予審判事が時間をかけた取り調べの上で作成するものだが、小野康人氏の場合、「判決」はこの「予審終結決定」を一字一句たがわず引き写している。ところが判決では、ある重要な部分がすっぽりと削除されている。削除されたのは、例の富山県泊での「共産党再建準備会議」の部分である。ということは、これが功にはやる特高の妄想が生み出したフィクションであったことを、裁判所みずから認めたことにほかならない。そして——「共産党再建準備会議」が虚構だったということになれば、横浜事件そのものが土台から崩壊することになる。

こうして第四次再審裁判は、横浜事件が国家権力によってつくり出された空中楼閣、権力によるフレームアップであったことを解明する裁判として、現在進行中である。

横浜事件再審裁判は〝治安維持法と特高警察の時代〟の国家犯罪を裁こうとする裁判である。日本が〝思想と良心の牢獄〟であった時代、いかなることが起こったかを明らかにすることで、再びそのような時代が近づくことを防ぎ止めようとする裁判である。

先に述べたように、小野　貞さんは四冊の本を残したが、もう一つ原稿を残していた。それが本書である。内容は、横浜事件に直接のかかわりはない。しかし、横浜事件再審裁判の本質を〝治安維持法と特高警察の時代〟を裁く裁判としてとらえ返すとき、その内容は新たな相貌を帯びて再審裁判とクロスしてくる。遺稿となった本書もまた、横浜事件にかかわる一冊だったのである。

母が遺したもの

小野　新一

　ここに収められた母の作品を私が読んだのは、母が亡くなった後でした。その内容に、正直、驚きました。横浜事件再審裁判にかかわるようになって、精力的に執筆活動をつづけていたことや、またずっと以前、ＮＨＫの俳句教室やシナリオ教室に応募したりしていたことはかすかに記憶していましたが、まさかこのような作品を書いていたとは想像もしませんでした。

　結婚を機に生活を別にしていたこともあって、私は母からこうした話はまったく聞かされませんでした。自分の生きた人生の最も過酷な部分について、親として子に話せなかったのか、あるいは心配をかけないようにという配慮から伝えてくれなかったのではないかとも思います。それにしても、生きている間に少しでも聞いておればと悔いが残ります。

　第二次再審請求を申し立てるに当たって、母からの要請があり、私と妹も原告の遺児として再審裁判に参加することになりました。すでに高齢であった母は、長期にわたる裁判の途中で命が尽きるかも知れぬことを覚悟していたのでしょう。事実、その通りになってしまいました。

母はその著書『横浜事件・三つの裁判』の中で、こう書いています。

——「遺児たちを横浜事件の桎梏から解放し、救うのは、裁判所が（原判決の）有罪を取り消し、国家機関が誤りを公に謝罪する以外、道はないのです。戦後五〇年を迎えるというのに、私たちにとって戦争はまだ終わっておりません。」

二一世紀の日本を、再び暗黒の時代へと後戻りさせないためにも、なんとしても横浜事件再審を勝ち取らねばと思います。

昨年、富山県泊（朝日町）の紋左《もんざ》旅館へ行って来ました。戦争中の昭和一七年、特高警察によって、細川嘉六先生を中心に父たちが共産党再建準備会議（！）を開いたとされた旅館です。当時の女将《おかみ》さんはすでに亡くなっていらっしゃらなかったのですが、現在の女将さんに「お父さんに似ている」と言われました。別館の二階には、父たちが宴会を開いた部屋が当時のまま保存されており、昔にタイムスリップしたような気がしました。

細川嘉六先生のお墓にもお参りしました。戦後も父と母は細川先生ご夫妻に親しくさせていただいたとのことですが、私が生まれたとき細川先生が、「日に日に新たなり」ということで「新一」と命名してくださったというエピソードを思い出しました。

泊のふるさと美術館には細川嘉六先生のブロンズ像があり、特別に取り出して見せていただきましたが、感慨深いものがありました。そのブロンズ像は実は母が寄贈したもので、私たち一家が渋谷に住んでいたとき、家の応接間に大理石の台にのせて飾られていたのでした。

母は晩年を横浜事件再審裁判に打ち込み、その途上で世を去りました。この遺著を読んで横浜事件を知り、再審裁判の意味を汲みとっていただいた方々に「支援する会」にご入会いただき、ご支援を賜ることができれば、残された者としてこれ以上の幸いはありません。

いつの日か再審を勝ちとり、母の墓前に報告できることを切望しています。

真っ当に生きるということ

斎藤　信子

私の中には、三人の母がいます。

父がまだ存命中だった当時の美しく優しい母。

父が五一歳で突然亡くなってから、必死に孤軍奮闘して子育てする母。

そして、横浜事件再審裁判を支援する会の方々と出会ってからの晩年、裁判所の不当に真っ向から立ち向かい、死の間際まで勉強し、闘った母。

このようにイメージは変わっても、私にとっての母は、一貫して情愛に満ち、加えて感性豊かな少女の純粋さを持ちつづけた人でした。

母が脳梗塞で倒れてから帰らぬ人となるまでの二カ月、病院のベッドの傍らから、

「お母さんの原稿、きっと本にするからね」

と、私は約束しました。

あれから七年の歳月が、あっという間に過ぎてしまいました。最初の四年あまりは悲しすぎて原稿に向かうことが出来なかったのですが、ひとたび原稿を開くと、こんどは毎日原稿をワープロに打ち込むことが楽しみになりました。

この作品に書かれていることは、その断片を私が幾度となく母から聞いた話です。張り込みの刑事が勤め先の会社まで来たときの話。つかまってから、田舎の父親が迎えに来たときの話。そして文中ではOさんとある父が田舎から母を連れ出したときの話。若き日、父と母が共に眺めたカタクリの花の群生……。

時にスリリングに、また時におもしろく、夜を徹して話を聞くうちに、忘れてしまうのがもったいなくて、母に「書いて、書いて」と頼んだのでした。

このように、当初この原稿は、後年の父の横浜事件体験とはまったく別に、母の青春と父との出会いの記録として、私がせがんで書いてもらったものでした。

しかし、こんど本にするということで改めて向き合ってみて、母はあの時代の若者らしい正義感から、自分が出会った人たちを尊敬し、非合法を承知の上で、いわゆる地下活動に身を投じたということ、そして皮肉にもそれから一〇余年の後、結婚相手の父が『改造』の編集者となったがゆえに、こんどはまったく身に覚えのない捏造事件、横浜事件の犠牲者となったという運命の不思議に、いまさらながら驚かされました。

両親とも戦前・戦中の異常な時代に特高警察から拷問を受けるという結果になったわけですが、私が子供として感じるのは、両親とも、その極限の中でも自分の信頼する身近な人たちを人間として決して裏切らなかったということです。二人とも、その素朴な真っ当さが、生き方の随所から読みとれます。

自分の生きる時代を人は選べないとしても、その時その時をどう生きるかは選べるということを、私は父と母から学んだと思っています。先の見えない不透明の時代、実は普通の人たちのこんな素朴な真っ当さがいちばん大切ではないのかと改めて思うのです。

母のごく私的な作品を、横浜事件再審裁判がご縁で本にしていただくことになった高文研の梅田さん、再審裁判を支援する会事務局の金田さん、またワープロの仕上げを手伝ってくださった須藤さんに、心から感謝いたします。

小野　貞（おの・さだ）

1909年生まれ、1995年没。著書『横浜事件・妻と妹の手記』『横浜事件・三つの裁判』（いずれも高文研刊）ほか。詳細は本書〈年譜〉参照。

横浜事件・再審裁判を支援する会

1986年11月、再審裁判の提起の年に結成。

呼びかけ人は次の各氏(敬称略)：飛鳥田一雄、家永三郎、石垣綾子、一番ヶ瀬康子、井上ひさし、上田誠吉、宇都宮徳馬、嬉野満洲雄、大江志乃夫、大原富枝、奥平康弘、具島兼三郎、古在由重、塩田庄兵衛、清水英夫、鈴木三男吉、中村哲、沼田稲次郎、秦正流、日高六郎、藤田親昌、堀田善衛、松浦総三、松本幸輝久、緑川亨、美作太郎、山住正己

以後、年数回の会報を発行、節目に集会を開くなどして、第一次、第二次再審裁判を支援、03年現在、第四次を支援している。

会費は年間2000円。事務局(連絡先)は下記の通り。

〒101-0064　東京都千代田区猿楽町１—４—８　松村ビル４F

Tel 03-3291-8066　Fax 03-3291-8066

郵便振替口座 00130-7-150641

谷間の時代・一つの青春

●二〇〇三年 三月 一日——第一刷発行

著　者／小野　貞

発行所／株式会社 高文研

東京都千代田区猿楽町二—一—八

三恵ビル（〒一〇一＝〇〇六四）

電話　03＝3295＝3415

振替　00160＝6＝18956

http://www.koubunken.co.jp

印刷・製本／三省堂印刷株式会社

ISBN4-87498-301-4　C0021